天保からくり船

山田正紀

目次

天保からくり船

寛永寺炎上

1

こともあろうに寛永寺から出火した。

東叡山円頓院。

寺域三十一万八千余坪、子院三十六坊、主要堂宇三十五……

江戸城の鬼門鎮護をあずかり、いうまでもなく将軍家代々の菩提寺でもある。

天海僧正を開基とする、この由緒ある大伽藍から出火したというのだから、火事には慣れているはずの江戸っ子も、さすがにおどろいた。

なんでも本堂のあたりに落雷があり、それが原因で出火したという。

後になって、炎につつまれた本堂の大屋根を、おびただしい数の雷獣が駈けまわっていた、という噂がとりざたされた。

くこの時代の人々は、落雷とともに、雷獣が落ちてきて、襖障子や柱を掻き破ってい
く、ということを信じていた。
これをあながち、とるにたらない噂だと笑うことができないのは、このころ江戸の町
には不思議なことが頻発し、人々が神経質になっていたからだ。
やれ、西の空を銀色に光るものが飛んでいったとか、夜、地蔵の一行がひそひそと街
道を渡っていったとか、奇怪な噂にことかかず、なにかよくないことが起こる前兆では
ないか、と人々を恐れおののかせていた。
そのやさきの寛永寺の出火であるから、江戸の人は、いよいよ凶事の到来かと、顔色
を変えることになった。
茗荷谷《みようがだに》の藤吉は、たまたま上野北大門町の知人を訪ねようとして、この火事に巻き込
まれることになった。
上野北大門町は東叡山門前地で、広小路通りの東西両側にある。
昼の八つ（午後二時）に始まった火災は、おりからの強風にあおられ、夕七つ半（午
後五時）にはもう、新黒門町から仁王門前町まで焼きつくしていた。

なにぶんにも火の手が早く、飛び火はそれからそれへと拡がって、わずかなあいだに、上野かいわいはゴオゴオと噴きあがる炎につつまれた。

藤吉は世なれた四十男だが、たかをくくっていたのが災いして、いつのまにか、前後を炎にさえぎられてしまった。

——こいつはいけねえ。うかうかしてるとこちらの眉に火がつきかねねえ。

さすがに藤吉は狼狽した。

尻端折《しりつぱしよ》りの足袋はだし、濡れ手拭いに顔を包んで、火の粉の雨をくぐって、懸命に逃げた。

なにしろ、炎と煙りに追われた人々が、なだれをうって逃げ迷っているので、思うようにさきに進むこともできない。

半狂乱で逃げまどう人々に、揉まれ、押し返され、何度も突き倒されそうになったほどだ。

「あぶねえ、あぶねえ」

藤吉はそう叫びながら、しゃにむに上野町代地に向かった。

上野町代地は火除地《ひよけち》だし、いざとなったら和泉橋通りから神田川に飛び込むという手もある。

が、逃げまどう人々にさえぎられ、なかなか思うように進めない。いつしか上野町にさまよい込んで、炎に追われるまま、摩利支天横町から三枚橋横町、穴阿彌陀横町と逃げ迷った。

おそらく御徒組屋敷のほうに渡る三枚橋の付近だろう。

ふと気がつくと、いつのまにか、まわりに人の姿がいなくなっていた。

こんなことがあるだろうか？

あれほど狂ったように逃げまどい、泣き叫んでいた人たちの姿が、ただのひとりも見えないのだ。

あいかわらず軒下から炎が噴きあげ、ときおり轟音とともに屋根が焼け落ちるが、それをべつにすれば、不思議なほどしんと静まりかえっている。

炎が夜空を焦がし、大勢の人が焼け死んでいるのが嘘のような静けさなのだ。

一瞬、藤吉は自分が夢でもみているようような頼りなさを覚えた。

その場に立ちすくんだ。

「……………」

目を瞬《またた》かせる。

強風にあおられ、あかあかと炎が揺れている。その炎に映え、ちらちらと点滅するように、なにやら影がうごめいている。

目の錯覚だろうか？

藤吉にはその影がどうも生き物のように見えてならない。炎のなかを這いずり、ときには跳んで、パッと火の粉を散らす。そんな得体の知れない影が、燃えあがる炎のそこかしこに、うごめいているのだ。

気のせいか、耳を澄ますと、なにやらヒソヒソと囁きあい、笑いあう声も聞こえてくるようではないか。

人間のはずがない。生身の人間がこんな業火にさらされ、うごめき、囁きあうことなどできようはずがない。

この時代の人間にはめずらしく、藤吉はほとんど怪談も妖怪も信じていない。若いころからの岡っ引稼業が身に染み込んで、この世のことは、いいも悪いも、しょせんは人間のしでかすことだ、とそう考えている。

そんな藤吉が、

さすがにゾッと冷水をあびせられたように感じた。

——雷獣か。

2

藤吉は、町同心のお供をするとき以外は、十手を持ち歩かない。もともと岡っ引風を吹かして、十手をひけらかすのが好きなほうではない。

早縄さえ持ち歩かない。いつも身につけているのは数珠ひとつ。

わずかに後ずさると、腰からその数珠を引きだした。

いかにも硬そうな玉が黒光りしている。それをべつにすれば何の変哲もない数珠だ。

念仏の数を数えるように、その数珠を指でつまぐっている。

藤吉には、この数珠がなにより心強い味方なのだ。

茗荷谷の藤吉の名のとおり、小日向の茗荷谷町の生まれではあるが、いま、そこに住んで、縄張りにしているのは神田だ。

それが茗荷谷と呼ばれるのは、茗荷を食べるように、あっさり罪を忘れる、という意味を含んでいる。

嫌われ者の多い岡っ引のなかにあって、藤吉だけは、むやみに人を脅したり、ひっくくったりはしない。ほんとうに悪いやつには容赦しないが、そうでないかぎり、できるだけ情けをかけて、無用な罪人をつくらないようにこころがける。

いまどき、めずらしい岡っ引で、器用にやっかい事をさばいて、あっさり罪を忘れるから、いつからともなく呼ばれるようになった名が、茗荷谷の藤吉。

罪を忘れ、善根をほどこすたびに、一つまたひとつと、硬いかいしの木を彫りだし、数珠の玉をつくる。

それを百八個つないで、完全な数珠にするのが、藤吉の悲願で、歳月をかさねて、ようやく玉も百個を数えるまでになった。

いわば、その数珠は、藤吉がこれまで積んできた善根のあかしで、いざというときには、なまじの十手より助けになってくれるはずだ、とそう信じ込んでいる。

ましてや、いまは、炎のなかを跳梁するあやかしのものが相手なのだから、いつにも増して、その数珠が心強いものに思われる。

いかに岡っ引であっても、妖怪まで取りしまる必要はないようなものだが、藤吉には妙に律儀《りちぎ》なところがあって、うろんなものは見逃しにできない。

「……」

口のなかで念仏をとなえ、数珠を指でつまぐりながら、じりじりと炎のほうに近づいていった。

藤吉が近づくにつれ、炎のなかの怪しい影は、ますます活発に動くようになった。犬ぐらいの大きさがあるようだ。もちろん、御府内広しといえども、炎のなかを這いずりまわって、ピョンピョンと飛びまわるような、そんな犬がいるはずがない。

なにより、ひそひそと聞こえてくるその囁き声は、なにを話しているかまでは分からないが、たしかに人間の言葉であるらしい。

ときおり、しゃがれて、気味の悪い笑い声が聞こえてくる。

——とんでもねえ化け物だ。

両国の見せ物小屋を探しても、こんな声をだして笑う犬などいるはずがない。

もうとっくに暮れ六つ（午後六時）は過ぎているだろう。

いつもなら暮色に閉ざされるはずの刻限だが、空を焦がす炎に、上野町一帯があかあかと照らしだされている。暗い空にはるか炎がおどっていた。

が、どうやら、いま藤吉のまえに燃えあがっている炎は、ありきたりの炎ではないようである。

うねって、ねじれ、波たつその様子が、どうにも尋常ではない。

撥ねあがり、噴きあがるかと思えば、長い尾をひいて、宙にクルクルと旋回する。それが火の粉を散らして、はじけ、また新たな炎が噴きあがる。

炎のなかにうごめいている妖しい影もさることながら、どうやら、炎そのものが魔性をおびているようにも感じられた。

その炎にじりじりと歩を進めながら、

「人を見そこなやあがって、はばかりながら江戸っ子だ。狐や狸に馬鹿にされるような安い面《つら》はしちゃあいねえ」

藤吉は手のなかでプツンと数珠の糸を切った。

そして、すばやく足を踏みかえると、数珠から玉をくりだして、そのひとつを指先で弾いた。

鍛練に鍛練を積んだ指弾だ。硬いかしの玉を指で弾いて、十発が十発、狙いたがわず的に命中させる。まさか飛び道具とまではいかないが、それでも羽目板をぶち抜くぐらいの威力はある。どんな悪党も、この指弾をくらって、泣きをいれない奴はいない。

その思いをこめた一撃が、炎のなかに一直線に飛び込んでいった。

火のなかにおどる影に当たった。

――やった！

藤吉が胸のなかで歓喜の声をあげたその瞬間――

炎が咆哮を発して噴きあがったのだ。そのゴオッという轟音をつんざくようにし、しゃがれた笑い声が響きわたった。

噴きあがった炎に押し返され、わっ、と藤吉は飛びすさった。

飛びすさりながらも、さすがに茗荷谷の藤吉、ひるまずに数珠から玉をくりだし、二発めを飛ばそうとしたのだが、

「……………」

そのまま呆然と立ちすくんだ。

あれほどの業火が、蠟燭の火を吹き消すように、一瞬のうちに消えてしまった。

もちろん、炎のなかをうごめいていた、あの妖しい影もともに消えている。

ただ、ブスブスと白い煙りがたちのぼって残っているだけだ。

「なんてこった」

藤吉は口のなかでつぶやいた。

ただ火が消えてしまっただけなら、藤吉もこんなに呆然とはしないだろう。激しい炎が消えて、それと入れ替わりのように、そこになんとも思いがけないものが出現したのだ。

冷静に考えてみれば、それはもとからそこにあったのかもしれない。ただ、それが立ちのぼる炎にさえぎられ、これまで見えなかっただけのことなのだろう。よしんばそうだとしても、どうしてそこにそんなものがあるのか、その不思議さまではもがなくなるわけではない。

藤吉の背を優にしのぐ大きさの、五百貫はあろうかという伏鐘《ふせがね》なのだ。それが、こともあろうに、道の真ん中に壺を伏せたように落ちている。伏鐘の表面はわずかに赤みを帯びて、ゆらゆらと湯気をたちのぼらせている。

人足でもかき集めなければ、とてものこと動かせるような代物ではない。

そんなものがどうして、こんなところにあるのだろう?

見たところ梵鐘(寺の鐘)ではないようだが、それにしてもこんな途方もない代物が道に落ちているのは、ただごとではない。

このあたりの時の鐘といえば、上野山内のものだろうが、まさか鐘だけが上野のお山から飛んできたはずがなかった。

――さあ、わからねえ。

さすがの藤吉がただ、あっけにとられるばかりだ。

ほとんど炎は消えてしまったが、遠く、上野町に燃える火が、行燈《あんどん》のともし火のように、伏鐘をぼんやり浮かびあがらせている。

「………」

ふと藤吉は眉をひそめた。

鐘の下から地面に帯が伸びているのだ。

若い女が締める派手な帯で、紅と紫に染めあげた縮緬《ちりめん》地に、麻の葉模様が白く絞りだされていた。

一瞬、藤吉は自分が見ているものが何であるか、理解できなかったが、すぐにその顔色が変わった。

「こいつはいけねえ。とんだ道成寺だ」

藤吉はしゃにむに駈けだした。

一丁目には自身番屋がある。このあたりはどうやら火の手もおさまったらしい。自身番屋まで行けば、なんとか手をかしてくれる人間も見つかるだろう。

様子を見に、ちらほら、何人かが道に顔を出していた。

そのなかを駈けぬけながら、

「だれかが鐘のなかに押しこめられている。女だ。おい、だれでもいい、手をかしてくんねえ」

藤吉はそう声をかぎりに叫んでいた。

3

大川（隅田川）を西から東にむすんで両国橋、その西側が、ここ広小路。

百日興行のおででこ芝居に、軽業、講釈、落語、女義太夫、まず、たいていの娯楽がそろっていて、中銭、木戸銭十六文で、ごく気軽に遊ぶことができる。

並び茶屋があり、矢場があり、卯花ずし、幾代餅などの食いもの店があり、季節によって、おでん、西瓜、麦湯、甘酒なども売りに来る。

夜には、両国橋をはさんで、東両国に夜鷹が集まってきて、広小路は一日中、人通りの絶えるためしがない。

江戸の人は火事には慣れている。

寛永寺の火災は、さすがに人々をおどろかせたが、それも十日も過ぎると、もうほとんど人の口にのぼらなくなった。

この広小路もいつもながらの賑わいを見せている。

「アー銭がたりねえ、銭がたりねえ」

そう素っ頓狂な声が聞こえ、それにつづいて、ドッ、と笑い声が湧きおこった。

籠抜けの芸人だ。

ふんどし姿の素はだか、手拭いで鉢巻きをした男が、地面に置いた籠のなかに手を突っ込んで、渋い顔をしている。

「アー銭がたりねえ、銭がたりねえ」

また大声で叫んだ。

とりまいている見物人から、また笑い声がおきる。何人かがバラバラと銭を籠のなかに投げ込んだ。

これで芸人は満足したらしい。一声高く、ヤッ、と声をあげて、両手をあわせ、さしのばして、籠口に向かった。

棒を二本かけあわせた台が二脚、そのうえに、ようやく人間がくぐり抜けられるぐらいの大きさの籠が載せてある。

籠の長さは三十センチあまりというところだろう。

地面に、柄をおいて、二ふりの剣がするどい刃を、その籠のなかに入れている。

芸人は、ヤッ、と声をあげて、スルリと籠のなかをくぐり抜けると、すばやく身を反転させ、こちら側に抜き返した。

もちろん、籠のなかの刃には、すこしも身を触れない。

見物人たちが歓声をあげた。籠のなかにまた銭が投げ込まれる。

「おい、善助、銭を投げてやれ。あいにく、おれは小さいの持ちあわせがない」

そう連れの年寄りにいったのは、月代《さかやき》を伸ばした、若い浪人風の男だ。

「見や、見事な芸じゃねえか。なまじいの者が、あの籠を抜けようとすれば、うけあい怪我をするぜ」

「そりゃあ、銭ぐらい投げてやってもよござんすがね。でも、重四郎さん、あなたが持ちあわせていないのは小さいのばかりじゃないでしょう」

「違いねえ、そういえば大きいのも持ちあわせていない」

若い浪人は笑い声をあげた。

洗いざらしのひとえに、古ばかま、腰には剝げちょろ鞘の脇差だけ。念のいったことに、縄でくくった傘を何本か、わきにかかえている。

どこから見ても、絵に描いたような貧乏浪人、それも、一代、二代の浪人暮らしではないらしい。

連れの年寄りも、縞目のひとえが汚れに汚れて、貧相なことでは、連れの浪人にひけはとらない。

「いや、たいしたもんだ」

浪人はひとしきり感心した後、ふらりと見物の輪をはなれた。

「おれもここらで性根をいれかえて、なにか芸のひとつでも覚えてみるか。いつまで傘張り八分の内職にしがみついていても、らちがあかねえ」

「まあ、およしなさい。あんな芸でも、人様に見せるとなると、なみたいていの辛抱じゃありませんぜ。こういっては何だが、重四郎さんにはとてものことにつとまらねえ」

年寄りは冷淡だった。

「こいつはいけねえ。よくよく見くびられたもんだ」

浪人は笑い声をあげた。

なりこそ思いきり見すぼらしいが、その目は澄んで、明るく、どことはなしに颯爽とした印象がある。

浪人の名は、弓削《ゆげ》重四郎という。

住まいは、芝神明町の裏店《うらだな》、いまにも倒れそうな棟割長屋。

親の代からの浪人暮らしで、十二本一把、手間賃二貫文の奴傘《やつこがさ》を張って、おつかつ、なんとか生きている。

連れの年寄りは、善助。神明町の番太郎で、草履、渋団扇《しぶうちわ》、炭団《たどん》などを細々とあきないながら、町内の雑用をしている。

若い浪人と、年寄りの番太郎……

あまり世間に例のある組み合わせではないが、張りあがった傘を、仲買商に運んでもらうのに、よく善助の手をわずらわせることがあるので、なんとはなしに、つきあいがつづいている。

「そんなことより、重四郎さん、噂を聞きましたかえ」

善助が話を変えた。

「噂？　はて、なんの噂だ？　品川沖に鯨でもあがったか」

「須田町の筋違御門前でひとり、本所横川でひとり、若い浪人者が斬り殺されました。右肩から左の胸乳《むなじ》にかけて、ただ一刀、それはあざやかな斬り口だったそうですぜ」

「浪人者がね。その口ぶりじゃ、ふたりの浪人は、知り合いじゃなさそうだな。すっぱ抜きにでもあったか」

「さあ、辻斬りにあったか、なにかの意趣返しか、それは何ともいわれねえ。仰せのとおり、このふたりは、たがいに知り合いでもなんでもない。ただ、ふたりながら、親の代からの貧乏浪人で、内職に、傘張りをしていたそうです」

「親の代からの貧乏浪人で、内職に、傘張りをしていたか。やれやれ、気の毒にな。こいつは何とも身につまされる。なにやら首筋のあたりがひんやりしてきたよ」

「重四郎さんもお気をつけなさい。こいつはだれか傘張り浪人に恨みを持つ者の仕業に相違ないともっぱらの噂ですぜ」

「はて、しがない傘張り浪人に、何の恨みがあるのかね。まさかのことに、傘作りの下《した》工師《くじ》、張師《はりし》が、仕事をとられた腹いせに意趣返しもしやあしめえ」

「そこまではおいらにも分からねえ。ただ二度あることは三度あるという。重四郎さんもせいぜいお気をつけなせえ」

「ああ、そうしよう。ありがとうよ」

　重四郎はふと顔をあげると、

「善助、こいつはいけねえ。一荒れ、きそうだぜ」

　あおいだ空がにわかに黒ずんできたかと思うと、さっと青い稲妻が走った。がらがらと雷鳴がとどろいて、雹《ひょう》のような大粒の雨が音をたてて落ちてきた。

　たちまち広小路は雷雨に覆われ、人々はてんでに尻端折りをし、頭をかかえながら、風に吹かれたように散っていった。

4

番傘をたたき破るかのような大雨が、どうどうと降りそそいでくる。つづけざまに稲光りが走り、何かをたたきつけるような雷鳴がとどろいた。

善助はとっくに姿を消している。おそらく鰻屋か蕎麦屋にでも雨を避けたのだろう。いつものことながら、重四郎は持ちあわせが乏しいから、そんな贅沢はできない。素足で泥水を撥ねあげながら、雨のなかを走ったのだが、商売物の番傘一本では、とてもこの激しい雨をしのげそうにない。雨やどりをするしかないだろう。

米沢町は、両国広小路に接し、商家が建ちならんで、にぎやかな町だが、武家地にさしかかると、急に人通りが絶える。

もう暮れ六つ（午後六時）、暗い灰色に閉ざされた雨のなか、ただ武家屋敷の白塀だけがぼんやり浮かんでいた。

その塀ごしに、大きな松の樹がたくましい枝をさしわたしている。

重四郎はずぶ濡れになりながら、その枝の下に、ようやく逃げ込んだ。

番傘をさしたまま、

「雨に濡れるのはごめんだが、これで、いくらかはしのぎやすくなるだろう」

重四郎は暗い空をあおいだ。

ぴかり

と、また稲光りが走った。

一瞬、ひらめいた青い光りのなか、雨のなかを懸命に駈けてくる女の姿が、ありありと浮かんだ。

白っぽい薄物に、紺の夏帯をきりりと締めて、その裾からのぞく白いふくらはぎが、いかにも婀娜《あだ》っぽい。

女は枝の下に飛び込んできた。重四郎に体をぶつけてくるようにし、

「お願いでございます。お助けくださいい」

そう必死な声で叫んだ。

重四郎はあっけにとられたが、

「雷が恐ろしいか。おびえることはない。この雨足だ。すぐにやむさ」

「そうではありません。悪い男に追われているのです。どうかお慈悲でございます。お助けくださいい」

「……」

重四郎はあらためて女の顔を見た。

色のあさ黒い、細おもての力んだ顔に、切れ長の目が美しかった。雨に濡れ、いまにも壊れそうな髷《まげ》が、なんともいえず、艶めかしい。

歳のころは二十三、四、どこへ出してもまずは十人なみ以上には踏めそうな中年増だった。

素人っぽいところはあるが、おそらくは芸者か、茶屋女、まったくの素人というわけでもなさそうだ。

「悪い男に追われているというのはおだやかでないな。おまえの知っている男か。それとも地回りにでもいんねんをつけられたか」

そう重四郎が尋ねたとき、
また、ぴかり、と稲光りが走って、男の影を浮かびあがらせた。

武士だ。

羽織なしの黒紋つき、袴の裾をわずかにからげているその姿からは、御家人か、浪人かは判断できない。

歳のころは三十代なかば、小柄だが、その体つきはがっしりしている。

雨のなかをゆっくりと近づいてきた。

道は汁粉をとかしたようなぬかるみになっている。そんななか、着実に足を運んでくるその裾さばきを見れば、かなりの剣の遣い手であることが知れる。

あれっ、と女は声をあげて、重四郎の背中に隠れた。

「その女、渡してもらおう」

男は渋い声でいった。

「逆らうわけじゃないが、この女はおびえている。はい、左様でございますか、と渡せるわけもなかろう」

重四郎は落ち着いている。その声は微笑さえ含んでいた。

「おぬしには係わりのないことだ。いらぬ節介をすると、怪我をすることになる。つまらぬぞ」

「いらぬ節介かもしれないがね。まあ、女を渡すのはやめておこう。ここでおとなしく女を渡したのでは、先祖の助六に申し訳がたつまいよ」

「馬鹿め。どうあっても女を渡したくないと強情を張るか」

「刀にかけても、と色男の助六ならそう見栄をきるところだろうが、ごらんのとおり、おれは丸腰でね。あいにく番傘一本で、立ち回りを演じるほどの豪傑でもない。気が変わった。女が欲しけりゃくれてやるよ」

「……」

重四郎の背後で女がハッと息をのむ気配があった。

男もあっけにとられたようだ。とっさには言葉が出ないらしい。

「どうした？　出場《でば》をまちがえて、せりふを忘れたか。狂言の筋が違ったからといって、おこつくのはみっともないぜ」

重四郎はニヤニヤと笑った。

「下手《へた》な読み本じゃあるまいし、夕立に追われて、美女が飛び込んでくるなんて、そんなおあつらえむきの話があるもんか。いまどき猿若町でもそんな狂言ははやらねえ、第一、あんたほどの遣い手が、むざむざ、ここまで女を逃がしたりするものか」

ちぇっ、と女が舌打ちした。重四郎の背中から離れる。

「よく見た、さすがだ。神明町の弓削重四郎、ただ傘を張っているだけの痩せ浪人ではないらしい」

男が笑った。

「こいつは驚いた。おれの名を御存知か。どうやら、おれの腕を試そうとしたらしいが、買いかぶられるのは迷惑だ。なにを勘違いしたかは知らねえが、こんな痩せ浪人に、武士の魂もへったくれもあるもんか。出るとはとられ、出るとはとられ、とっくに刀は質倉のなかさ」

「そうでもあるまい。なみの男なら、その女の色香にまどわされ、芝居を見抜くどころではないはずだ。それをたちどころに見抜いたおぬし、尋常の心得ではない」

「まあ、なんでもいいさ。どんな料簡かは知らねえが、安い狂言につきあわされて、汗をかかされるのはまっぴらだ。悪いが、ほかを当たってくんねえ」

重四郎はあくびを洩らし、ふと思いついたように、あらためて男の顔を見た。

「そういえば、傘張りの貧乏浪人がふたり斬り殺されたそうだ。まさか、あんたの仕業じゃあるまいな」

「だとしたらどうする?」

「傘張り浪人の腕をためしたか。無残なことをする。しょせん、あんたの腕にかなうはずもなかろうに」

「だとしたらどうする?」

男は繰り返した。

「どうもしやしねえさ。見ず知らずの浪人の仇をうつほど、おいら、物好きじゃねえ。あんた、よほど傘張り浪人がお気にめさぬようだが、一本足のカラカサお化けに、お父上でも喰い殺されなさったか」

「……………」

男は無言だった。

重四郎は空をあおいで、

「どうやら雨も小降りになったようだ。おいらはそろそろ行かせてもらうぜ」

番傘のしずくを払い、それをすぼめると、男のほうに足を踏み出した。

男が抜き撃ちに切り込んでくることなど考えてもいないらしい。まさか、番傘一本で、抜き撃ちをかわすほど、腕に覚えがあるようにも見えないのだが。

ねえ、旦那、と背後から女が声をかけてきた。笑いを含んだ声だった。

「こんなお婆さんじゃ、お気にもめさないでしょうけど、近いうちに遊びにうかがってもよござんすか」

「ああ、いつでも来るがいい。神明町の棟割長屋で、おれの名をだせば、まず、たいていは居所が知れるはずだ」

「旦那はまだおひとりですか」

「貧乏神とふたり、所帯を持っている。親の代からの腐れ縁でな。どんなに手をつくしても切れねえのさ」

女は澄んだ笑い声をあげた。

その笑い声を背中に聞きながら、重四郎はぬかるみのなかを歩んでいった。

振り向きもしない。

男はついに最後まで、一言も何もいおうとせず、刀を抜こうともしなかった。

男の視線をひしひしと背中に感じながら、じつは重四郎は、掌にじっとりと汗を滲ませていたのだが。

5

萌葱《もえぎ》のかやァ

蚊張《かや》売りののびやかな声が流れた。

蚊張売りだけは声に自信のある者しかつとまらない。名人は、萌葱のかやァ、と美声を張りあげる、わずかその一言のあいだに、半町をゆっくり歩く。

もっとも、この裏店の棟割長屋では、まともに蚊帳など張る人間はいない。

羅宇《らう》屋に、下駄の歯入れ屋、門《かど》づけ芸人、菓子売り、いずれも三文、四文のとぼしい稼ぎで、かつかつ、その日暮らしをしのいでいる。

いわゆる九尺店《だな》で、間口九尺（およそ二・七メートル）、奥行き二間（およそ三・六メートル）のひと間きり。

弓削重四郎が住んでいるのは、そんな長屋だ。

きのうの夕立のおかげで、今朝は、いくらか暑さがしのぎやすいようだ。そのかわりに、長屋路地突きあたりの総後架《そうこうか》があふれたらしく、その臭いがたまらない。

もっとも、この長屋の住人には、いまさらそんなことを気にかける人間はひとりもいない。

重四郎も、しごく爽やかな顔をして、長屋の井戸で、楊枝をつかっている。

その若々しい顔にあっけらかんと夏の光が照っていた。

「間違えたらごめんなさい。もしや、あなた様は、弓削重四郎さまとおっしゃるのではございませんか」

背後からそう声がかかった。

「ああ、そうだよ」

重四郎は振り返った。

四十がらみの見知らぬ男だ。

縞の着物に、縞の羽織を着て、いかにも実直そうな中年男だが、その目の配りはするどく、まったくのかたぎとも思えない。

「やぶからぼうに声をおかけして申し訳ございません。お初におめにかかります。わたしは藤吉といいまして、お上の御用をあずかっている者でございます」

男は腰が低い。

「ははあ、もしかしたら茗荷谷の藤吉さんかな？」

「へえ、恥ずかしながら、そんなふたつ名で呼ばれることもありますようで」

「恥ずかしがることはないだろう。なんでも茗荷谷の藤吉さんは慈悲ぶかい親分だそうだ。ほかの岡っ引のようにむやみに貧乏人をいたぶったりはしないと聞いている」

重四郎は明るく笑うと、口をゆすいで、手拭いで顔を拭いた。

「その茗荷谷の藤吉さんがわたしに何のご用かな。なにかのご詮議《せんぎ》だったら、お門《かど》ちがいだよ。ごらんのとおりの貧乏浪人だが、わたしは悪事は働かない」

「申し訳ございません。わたくしどもの稼業は、なにかと人様から嫌われます。弓削様もさぞかし、ご不快なことでありましょう。いえ、こちらにうかがったのは、詮議だの何だの、そんな野暮な話ではございません」

「ほう。詮議の筋でないとすると、どのような話かな？」

「旦那は、上野三枚橋の鐘娘《かねむすめ》の話はお聞きになっていらっしゃいますか」

「ああ、聞いている。なんでも、どこか大店《おおだな》の娘さんが、寛永寺の火事騒ぎに巻き込まれたが、ありがたくも観音様の御利益で、伏鐘をかぶせられ、からくも難を逃れた、というじゃないか」

「へえ。おっしゃるとおり、鉄物屋《かなものや》の菊村といえば、まず、ご同業でも一、二をあらそう大店でございましょう。そこのひとり娘で、名をお節さん。これが上野かいわいでも評判の小町娘なんですがね。そのお節さんが、女中を連れての、お稽古事の帰りに、寛永寺の火事に巻き込まれた。火に追われて、逃げまどっているうちに、いつしか女中ともはぐれて、あわや焼け死にそうになった――」

「娘さんは煙りにまかれて気を失ったそうだの。なんでも、気がついてみたら、伏鐘のなかにいたとか」

「へえ、なんとも不思議なことに、お節さんの玉の肌には火傷ひとつ残っていない。なんでも菊村では、お仏壇に、観音像をあげて、朝に、晩に、信心を欠かしたことがないそうで。これは、その観音様の御利益に相違ない、ともっぱらの評判なんですがね」

「ふうん、たいしたもんだな。信心は馬鹿にならねえ」

重四郎はニヤニヤと笑いながら、

「ありがたいお話だが、その評判の鐘娘が、わたしとどんな係わりがあるのかな」

「へえ。いや、係わりがあるといえるかどうか。これがなんとも妙ちきりんな話なんですけどね――」

藤吉は目を伏せ、口ごもった。汗もかいていないのに、しきりに、絞り染めの手拭いでひたいを拭いていた。

「いや、ほんとうに妙な話なんですよ」

6

たしかに妙な話だ。

炎に追われ、あちらに逃げ、こちらに逃げしているうちに、お節はいつしか気が遠くなってしまった。

力つきて、気をうしなう寸前、ふいに、あたりにまばゆい光が満ちたという。

その光のなか、えもいわれず優しい声が聞こえて、

――かねてよりの菊村の信心の篤さに免じてそなたの命を助けよう。これからも夢ゆめ信心をおこたってはならない。

という意味のことをいった。

そのときにはもう、お節はほとんど気絶していたので、たしかなお姿を見たわけではないが、あの光のまばゆさ、声の優しさからいっても、あれは観音様にちがいない。

気がついたときには、伏鐘のなか、ふしぎにも、お節は身にひとつのかすり傷も負っていなかった。

お節の父親も、母親も、いまさらながらに観音様の霊験あらたかなることに嬉し涙にむせんだ。

それがこうじて、いまは、菊村の裏庭に、観音様のお堂をつくる運びになっているという。

「それはめでたいな。娘の身が無事で、信心にいよいよ熱が入るとなれば、こんなにめでたい話はない。なあ、親分、いい話ではないか」

「へえ、まあ、そうなんですが、そのほかにも、お節さんは観音様から聞かされたことがありましてね。これが妙なんです。まあ、気を失う寸前のことでもあり、漠然としたことではあるんですが」

「ほう、なにを聞かされた?」

「おまえの亭主となるべき男の名は、浪人者の弓削重四郎。かまえて、ほかの男を亭主にしようなどと考えてはならぬ――と、まあ、こうなんですがね」

「なんだと――」

重四郎はまじまじと藤吉の顔を見た。さすがにあっけにとられたらしい。

「立ち入ったことをお聞きするようですが、もともと旦那のお家柄は、御弓組の同心だったのでございませんか」

「ほう、観音様はそんなことまでお節さんに告げたのかえ」

「へえ、どうも、そのようで」

藤吉は苦笑している。

「いかにも御手先組の弓組だったらしい。本郷御弓町に屋敷を拝領していた。といっても慶長、元和のころだというから、二百年ほども昔の話になるか。なにしろ古い話さ。いまでこそ御家人といえば、人も道を避ける嫌われ者だが、そのころの三十俵二人扶持はたいした羽振りだったらしい」

「失礼なことをうかがいますが、どうぞ、お気を悪くなさらずに願います。その弓組同心のお家柄が、どうしてまた、禄をはなれなさったので？」

「さてね。なにぶんにも古い話で、わたしもよくは知らないよ。なにか、お役目のことで、しくじりでもしたのではないかな」

重四郎は苦笑して、

「たしかに何代かまえは御手先組の同心だったかもしれないがね。いまは、ごらんのとおりの素浪人。とてものことに大店の婿におさまるのは荷が重すぎる。先祖の家柄まで持ち出してくるのでは、どうも観音様も、いささか仲人口がすぎるようだ」

「まさかに、そんなこともねえでしょうが……」

藤吉が渋い顔になったのは、内心、本人もそう思っているからだろう。

「親分。わたしを探りあてるのには、さぞかし苦労もしたろうが、これはどうやら鑑定《めがね》違いのようだ。あきらめたほうがいい。第一、菊村のご主人も、こんな素浪人を婿に迎えるのでは、これまでの商売の苦労がむくわれまいよ」

「それはそうかもしれませんが、わたしも菊村の旦那、おかみさんに、手をついて頼まれた手前、ご浪人の弓削重四郎様は見つかりませんでした、とお知らせしたのでは、面目玉がつぶれます」

藤吉はあきらめきれないようだった。

「ご迷惑ではありましょうが、ここはぜひとも、弓削様ご本人に菊村まで足を運んでいただけませんでしょうか」

「人情として、そうしたいところではあるが、なにぶんにも、わたしには傘張りの仕事があるのでな。今日のうちにも、片づけてしまわないと、あごが干あがってしまう」

重四郎はあごを撫でた。

「お武家様にこんなことを申しあげては何ですが、それぐらいのことでしたら、わたしのほうで、お立て替えしてもよろしゅうございます。いえ、けっして悪いようにはいたしません。どうか菊村までお運びのほどをお願い申しあげます」

7

さすがに名代の大店だけあって、菊村の店はなかなか立派だった。

その庭も、いかにも風雅なこしらえで、築山をめぐらして、水苔の青い池などが掘ってある。

お節は、その庭に面した離れの八畳間に引きこもっているらしい。

寛永寺の火事は、もう十日もまえのことだが、そこは若い娘だけに、心身を消耗させたらしく、以来、この離れに引きこもりがちだという。

いま、庭下駄をつっかけ、植え込みのかげから、その離れをのんきたらしく見ているのは、弓削重四郎だ。

重四郎の横では、藤吉が仏頂面をし、これも見るとはなしに、離れを見ている。

もっとも、いまは、離れは障子をたてきっていて、庭からなかをうかがうことはできないが。

藤吉は、なんとか重四郎を菊村まで連れてはきたのだが、

「これは何かの間違いだよ、ご主人。いや、観音様が間違いなどなさるはずがないというなら、うけあい、これは人違いだ。同姓同名の別人ということもある。おなじ弓削重四郎でも、こんな痩せ浪人ではなく、もっと立派なご仁に決まっている。せっかくのありがたいお話だが、人違いと分かっていて、お受けするわけにはいかない。わたしはお嬢さんの婿になれるような玉ではないよ」

重四郎はそう言い張って、ついに主人の説得を受け入れようとはしなかった。

ひとつには、重四郎があまりにお話にもならない貧乏たらしい風体だったということもあるだろう。

とうとう主人もあきらめて、重四郎をひとり娘の婿にするという話を引っ込めた。

藤吉としては、重四郎を連れてくるだけは連れてきたのだから、一応、面目は保てたようなものだが、やはり、話がうまく運ばなかったのはおもしろくなかったようだ。

「真実、旦那の料簡《りょうけん》がわからねえ。菊村といえば、倉に千両箱がうなっていようという

大店ですぜ。そのひとり娘の婿におさまろうかという話をことわる奴もいないもんだ。なにも好きこのんで、そんな——」

「貧乏暮らしをしていることもないのに、というのか。こいつは茗荷谷の親分の言葉とも思われねえ」

重四郎は明るく笑って、

「親分、わが身にひきかえて考えてみたらよかろう。これだけの身上の大店だ。どこの馬の骨ともわからぬ奴が、いきなり跡継ぎにおさまって、まわりがおもしろかろうはずがない。針のムシロさね。そんな窮屈な思いをするぐらいなら、いっそ裏店暮らしのほうが気が楽というものだ」

「まあ、旦那の気持ちもわからねえではありませんがね。それにしても勿体ねえ」

藤吉はそこで首をひねって、

「それにしても、人違いというのは、うなずけませんや。お江戸がどんなに広くても、御手先弓組のお家柄の、弓削重四郎様がそうそう何人もいらっしゃるとは思われねえ。これはどうあっても、あなた様のことに相違ないんですがね」

うん、と重四郎はうなずいて、

「いかにもわたしのことかもしれない。わたしもそんな気がするよ」

「はて、解《げ》せませんね。ご自分でも、そんな気がするのに、どうして婿に入る話をお断りになられたんで？」

「わたしが菊村の婿に入る――そんなことはどうでもいいのさ。おそらく、どこかの誰かさんが、観音様のお告げといつわって、わたしを探しだしたかったんだろうよ」

「え……」

「菊村の主人であればこそ、手先、下っ引を何人も手足のように使いこなす藤吉親分に、人探しを頼むこともできる。その費用《ついえ》だって莫大なものになるはずだ」

「いえ、そんな、あっしは決して――」

「隠すなよ、親分」

と、重四郎は急に鉄火な口調になって、

「まさかのことに、岡っ引だってカスミを食って生きていやあしめえ。手先、下っ引の小遣いにしたところで、十人、二十人と積もれば、馬鹿にはなるめえ。菊村のために働くんだ。その主人から相応の礼を受け取ったところで、なにも恥じることはねえやな」

「こいつはどうもお見通しで」

藤吉は照れくさそうに鬢《びん》を掻いた。

「だがな、親分。これが観音様のお告げの、婿さがしでなければ、いくら菊村の主人がいいい、あんころ餅に黄な粉まぶしたようにひとり娘に甘くても、こんなことはしやしめえ」

「それじゃ、なんですかえ。観音様のお告げというのは？」

「なんでも、お節さんにかぶさった伏鐘は、寺の梵鐘ではなくて、どこかの時の鐘だったというじゃねえか。まさか、観音様が手近の鐘で間にあわせる不精《ぶしょう》もしやしめえし、いくらなんでも、ありがたみが薄かろうぜ」

「そうはおっしゃいますが、重四郎さん、伏鐘を人間にかぶせるなんてあんな芸当が神仏でなくて、できるもんですかね？」

「親分、おれは、きのう、広小路で籠抜けの大道芸を見たよ。二文、三文のビタ銭を稼ぐ芸人だって、あれぐらいの芸はやってのけるんだ。いくらか心得のある者なら、伏鐘のなかに人間ひとり這い込ませるぐらい、どうにでもなるんじゃねえか」

「重四郎さん。それじゃ、あなた、お節さんが嘘をついている、とそうおっしゃるんですかえ」

「さあ、そいつはなんともいわれねえ。わからねえよ、親分」

重四郎は考え込んでしまった。

「第一、おれは掛け値なしの貧乏浪人で、将軍様のご落胤でもなければ、世間を騒がす謀叛人でもねえ。どこの物好きが、そんな手間暇かけて、おれを探さなければならなかったのか、まず、そいつが合点がいかねえ」

「………」

そんな重四郎を、藤吉は眉をひそめながら見つめている。

ふと思いついたように、重四郎は腰をかがめると、庭の小石を拾った。

そして、その小石を、離れの障子に向かって投げた。

小石は障子の桟《さん》にあたって弾んだ。濡れ縁に撥ねて、そのまま庭に落ちた。

そのときにはもう重四郎は植え込みのかげに身をひそめている。

わけがわからないながらも、藤吉もそれにしたがった。

障子がカラリと開けられ、そこから顔を覗かせた若い娘が、

「お登久、お登久かい？」

そう澄んだ声を張りあげた。

遠目ながら、なかなかに美しい娘のようだった。

「あれがお節さんです」

藤吉がソッと耳うちした。

「なるほど、さすがに小町娘をうたわれるだけのことはある。美しいな。お登久というのはお節さんについている女中のことか」

「へえ、なんでも一月《ひとつき》ほどまえ、堺屋という請宿《うけやど》から雇った娘で、陰ひなたなくよく働くんで、気にいられているのだそうで。同じ年頃でもあり、みこまれて、お節さん付きの女中になったらしいんですがね」

「寛永寺の火事騒ぎのときにもそのお登久とやらがお供をしていたのかえ」

「へえ。大切なお嬢様とはぐれてしまって、申し訳がたたねえ、どうにもおわびのしようがねえ。そう泣いたそうですがね」

「ふうん、いまどき主人に忠義な感心な娘もいたもんだな」

重四郎はうなずいたが、その声には、かすかにあざけるような響きがあったようだ。

8

さすがに暮れ六つ（午後六時）を過ぎると暑さもしのぎやすくなる。

この時刻、門口に雨戸をたてかけ、行水をつかっている家が多い。どの家でも蚊いぶしを焚いていて、それが行水の女たちの姿を隠してくれている。

その蚊いぶしの煙りのなかから女が姿を現した。

「あら、旦那、ほんとにお独りなんですね」

驚いたような声でそういう。

夕立に追われ、松の下に駈け込んできたあの女だ。紺地に、白く朝顔を絞りだしたゆかたに、朱の夏帯があざやかだった。

「独りさ。貧乏神と所帯を持っているとそうはいわなかったかえ」

重四郎はムクリと畳から身を起こし、

「観音様のことを考えていたんだが、思いがけなく、弁天様のお越しか」

「何ですか？　観音様だの、弁天様だの」

女はけげんそうに眉をひそめた。

「なんでもねえ。こちらの話さ」

重四郎は笑いかけると、

「遠慮はいらねえ。上がってくんな」

「めずらしくもないでしょうけど、よさそうなのを見つくろってきました。冷やして召しあがれ」

女はザルに瓜を持ってきた。まだ泥がついているのが、いかにももぎたてを思わせ、みずみずしい。

「これはありがたい。好物だよ」

重四郎はニコニコしている。

隣りのかみさんに頼んで、麦湯を運んでもらう。

その麦湯をすすりながら、女から話を聞きだした。

女の名はおふみ、文字若の名で、芝口新町で、常磐津《ときわず》の師匠をしているという。

昨夜は、義理ある人のたっての頼みで、あんな芝居を引き受けたが、最初は、粋人の茶番だと思い込んでいたという。

ところが、茶番のはずが、あんな剣術遣いが現れて、どうなるものか、とヒヤヒヤと気をもんだ。

あの剣術遣いが何者だかは知らない。おふみに芝居を頼んだひいき筋も、人から人へと頼まれたうえでのことで、やはり茶番だと思い込んでいたらしい。

「旦那が、お芝居だと見抜いてくださったからよかったものの、そうでなければ、とんだことになるところでした。ほんとうに命が縮む思いがしましたよ」

「そうかな。わたしにはおふみさんが芝居を楽しんでいるように見えたがね」

「まあ、あんなことといって、憎らしい」

おふみが重四郎をぶつ真似をした。そのあらわになった白い二の腕がハッとするほど艶めかしい。

蚊いぶしの煙りがゆらりと揺れた。

重四郎は、チラリ、とその煙りに視線を走らせた。が、何事もなかったように顔を戻すと、ぶってきたおふみの腕を取り、その体をグイと引き寄せた。

一瞬、おふみは身を引こうとしたらしいが、すぐに自分からしなだれかかってきた。

重四郎はおふみの口を吸った。

おふみの唇はかすかに瓜の甘酸っぱい香りがするようだった。

夜が更けた。

もうとっくに子《ね》の刻（夜十二時）を過ぎているだろう。

夏には、江戸っ子も宵っぱりになるが、さすがに、この刻限になると、町もしんと静まりかえっている。

そんな暗い町を、提灯も持たずに、ひたひたと歩いている人影がある。

下谷御成街道が、湯島天神裏門石坂下の小路と交わるそのあたり……

上野新黒門町だ。

寛永寺の火事もこのあたりまでは飛び火しなかった。焼けた家はない。

その新黒門町の町並みのなか、ひときわ大きく、蔵をかさね、その屋根をそびえさせている家がある。

鉄物屋の菊村だ。

歩いてきた影は、その菊村のまえで足をとめた。

「重四郎さん」

空からそう声が降ってくると、屋根のうえから、ひらりと影が落ちてきた。

その影は、猫のように音もたてずに地面に下りたつと、スッと起きあがった。

「ずいぶん待ちましたぜ」

黒い頭巾を取った。

善助だ。

ヨボヨボの耄碌《もうろく》爺イと思われている番太郎の善助が、いまはまるで若者のように、しなやかに身をこなしている。

尻端折りの裾をおろし、すばやく着ているものを裏返すと、いつもの冴えない姿に戻った。どうやら、その縞目のひとえは、裏地が黒くなっているらしい。

「これでもずいぶん急いできたのだ。以前は大泥棒、いまは番太郎の、善助爺さんのようにはいかないよ。嫌味をいわれる筋合いはないぜ」

重四郎はおだやかに笑って、

「やはり、女だったか」

女さ、と善助はうなずいて、

「若いが、ただの女じゃねえ。おそろしく身が軽いし、足も早い。おかげで汗をかかされたぜ」

「善助爺さんが音をあげるようじゃ、よほど習練を積んだ女らしい」

「なに、このおれが音《ね》なんかあげるものかよ。歳はとっても、まだまだ、若い者には負けねえよ」

「あんまりそうでもないだろう。だいぶ息が切れてるようだぜ」

重四郎はまた笑ったが、すぐに、その顔を引きしめた。

フッと善助の姿が消えた。

それを確かめると、重四郎はゆっくり闇のなかを振り向いた。

闇のなかに、それよりさらに黒く、小柄な影がたたずんでいた。

若い女らしい。黒い忍び装束に身をかためている。女は、闇のなかにジッと視線をこらして、様子をうかがっているようだ。

「お登久さんだね？」

と、重四郎は声をかけ、

「いや、どうせ本名ではなかろうが、おまえに聞きたいことがあって、わざわざ、冴えない面《つら》を運んできたんだ。迷惑だろうが、相手になってくれないか」

「………」

「さっきはとんだ濡れ場を見せつけてしまったな。面目ねえ。いや、なに、おまえがどこかに隠れていることは分かっていたんだが、おれは修行不足で、どこに隠れているのか、そいつを見抜けねえ」

重四郎の口調はおだやかだ。

「おそらく、おまえは生娘だろうとそう思ってな。あんな濡れ場を見せたのさ。もしかして、生娘だったら、濡れ場を見せつけられれば、その驚きで、つい隙が生じるかもしれねえ。自分でもうまくいくとは思っていなかったんだが、案外だったな。おかげで、おれの知り人に、おまえのあとをつけさせることができた」

「……………」

「教えてくれねえか。おまえは妙な幻術《めくらまし》を使うらしい。仲間もいくたりかいるようだ。菊村のお節さんに、伏鐘をかぶせたり、観音様のお告げを聞かせたり、そのあげくが、岡っ引を使って、おれの居所を突きとめさせる、というんじゃ、あんまり細工がこみいりすぎているようだ」

「……………」

「おかしなことを聞くようだが、おれは何者なんだ？　自分ではただの貧乏浪人だと思い込んでいたが、どうもそうとばかりもいわれねえらしい。たかが傘張り浪人ひとりを探すには、あんまり大仰すぎるようじゃねえか」

　重四郎は眉をひそめて、

「どうやら、ほかにも凄腕の武士がひとり、おれを探しているらしい。おれの腕を試そうとしやがった。解せねえよ、お登久さん。いったい、おれのまわりで何がおっぱじまったというんだえ」

　その瞬間、ふいに黒い影が飛んだ。

　くるり、と宙で一回転すると、頭から天水桶のなかに落ちていった。

　天水桶は軒下にある。そのうえに積みあげられた桶が、音をたてて崩れ、水の音が激しく撥ねて――

　そして、黒い影の姿は消えた。

　さすがに重四郎はあっけにとられた。

　こともあろうに、女が、天水桶のなかに飛び込むとは思ってもいなかったことだ。

　そんなところに身を沈めてどうするつもりなのか？　逃げるに逃げられず、水のなかでは、身を潜めるに潜めないだろう。

しかし――

ふいに女の影が宙に浮かんだのだ。剣を上段にかまえ、屋根のうえから、ひらりと飛びおりてきた。

思いがけないことだった。天水桶に沈んだはずの女が、どうやって、そこから抜け出ることができたのか、なんとも不思議な業というほかはない。

重四郎の頭のなかを、一瞬、広小路の籠抜け芸人の姿がよぎった。

「そうやって伏鐘のなかにお節さんを入れたのか」

とっさに叫んだ。

女の体が落ちてきた。真っ向から刀を撃ち込んできた。

血がしぶいた。

どさりと地面に落ちて、その体を一転、二転させ、すぐに動かなくなった。

女の喉には削った竹が突き刺さっていた。内職の傘の骨だ。とっさに、それを指でしなわせ、矢のように放った。おそらく重四郎でなければできない芸当だったろう。

が、重四郎の胸には、いささかの勝利感も湧いてこなかった。

やむをえないこととはいえ、唯一の生き証人を殺してしまったのだ。勝利感など覚えるはずがない。
灰を嚙むような思いで、女の死体を見つめながら、
――結局、お登久はなにもしゃべらなかったな。
重四郎はそんなことを考えていた。

七夕怪談・鐘ヶ淵

1

河岸《かし》には船から人や荷物を積みおろしするところという意味がある。

江戸の人々は、そんな荷物を陸揚げする場所を、物揚場と呼んだ。

諸国から運ばれてきた荷物は、廻船問屋のはしけに積みかえられ、堀や、小さな川をたどって、江戸の奥深くに入っていく。

神田川の岸には、物揚場や、物置場、蔵地などがつづいて、いわば川の港のおもむきがある。

神田相生町、河岸通りから一丁半ほど離れたところに、上野東叡山寛永寺の物揚場があった。

俗称、宮様河岸――

間口およそ二十メートル、奥行き三十メートルあまり。

相生町では、寛永寺が使用しないときにかぎり、この物揚場を、売買の荷物を揚げるのに使っていた。

夏の盛り、七月初旬。

この物揚場に、ちょっとめずらしいものが揚げられることになった。

時鐘である。

江戸の時鐘は、本石町、浅草寺、本所横川町、芝切り通しなど、九カ所を数える。

なんとも不思議な話だが、寛永寺が出火したとき、そのうちのひとつ、上野山内の時鐘が忽然と消え失せた。

消えたのも不思議だが、現れたのも不思議――

宙を飛んだか、地を翔けたか、なんと時鐘は、お山からはよほど離れた上野町三枚橋に出現したという。

それも、炎に追われ、逃げ遅れた娘のうえに飛んで、その身を、火からかばったというのだから、こんなありがたい話はない。

娘の名はお節、鉄物《かなもの》を商って、大店として知られる菊村のひとり娘だ。

常日頃から、菊村の主人夫婦は信心があつく、その心ばえを愛《め》でた観音様が、お節の窮地を救ったのにちがいない、とのもっぱらの噂だが、さて、どんなものか。

むろんのこと、上野寛永寺には梵鐘が数多くある。

時鐘はたんなる打ち鐘で、観音様がご利益をあらわすのに、どうして、よりによって、ありがたみの薄い時鐘などを選んだのか、まず、そのことが腑におちない——そんな声がないでもない。

しかし、いずれにせよ、何百貫もある時鐘が、瞬時のうちに、上野山中から町中に移動したのは、まぎれもない事実なのだ。

どんな不信心な人間も、そのことの不思議さだけは、認めないわけにはいかなかったろう。

時鐘は町奉行の支配にある。

その町奉行に命ぜられ、時鐘を、上野山中に戻すことになった。

このころのことで、重い釣り鐘を運んでいくには、舟をくりだして、川筋をたどるしかない。

人足を駆りだし、神田川に浮かべた舟に、重い釣り鐘をようやく積み込んで、それを宮様河岸まで運ぶことになった。

暑い盛り、神田川は油を流したように凪《な》いで、ただ強い日差しが、川面《かわも》にぎらぎらとまばゆい光を放っていた。

「わるく蒸《む》しますねえ」

団扇《うちわ》を気ぜわしく使いながら、茗荷谷の藤吉がそういった。

「ああ、今年は残暑が強い」

と、うなずいたのは、芝神明町に巣くっている弓削《ゆげ》重四郎だ。

「すぐにも七夕まつりだというのに、涼風《すずかぜ》のひとつも吹きやあしねえ。なんとも気のきかない話さ」

「これじゃ九月に袷《あわせ》が着られねえ」

「なに、心配するがものはない。どうせ、着た切り雀の痩せ浪人だ。暑かろうが寒かろうが、変わりはないさ」

「旦那はそれでもよござんしょうがね。あっしは九月に帷子《かたびら》を着るのはごめんだ」

藤吉は顔をしかめた。

ここは宮様河岸の西、花房町の河岸十八間通り――

川に向かって扇型にひらいて、ここにも物置場、物揚場がある。

このあたりは、材木屋、竹屋などが多く軒をつらね、川に面した物置場にも、いたるところに材木や竹が積みあげられている。

重四郎と、藤吉のふたりは、その花房町河岸にたたずんでいる。

ふたりは、妙な縁から、時鐘の一件に関わりあいになった。

そんなことから、時鐘が舟で運ばれるのを見物しようと、藤吉が重四郎を誘いだしたのだった。

もっとも、重四郎は内職の傘張りが忙しいと、さんざん渋ったのだが、

「なにもつきあいというものだ。まあ、いいから、つきあっておくんなさい。〝神田川〟とまではいかねえが、帰りには、鰻を買いますぜ」

藤吉はなんとか、それをなだめすかして、ようやく連れだした。

生まれながらの貧乏浪人で、日々、内職の傘張り仕事に追われる、この若者のどこをどう見込んだものか。

どうやら、藤吉は、重四郎のことが好きでならないらしい。何かというと、長屋に顔

をだし、あれこれ世話をやきたがる。

もっとも、重四郎のほうでは、いくぶんそれを迷惑に思っているようではあるが。

2

背後から、

「茗荷谷の親分さん。お役目ご苦労様にございます」

そう声がかけられた。

ひとりの男が河岸通りから物揚場に踏み込んできた。

夏羽織を涼しげに着こなし、腰にはけっこうな煙草入れ。まだ三十そこその若さらしいが、見るからに大店《おおだな》の主人という貫禄をただよわせている。

「これは阿波屋の旦那、とんだ御無沙汰をいたしまして。どうもいつまでもお暑うございますね」

藤吉は苦労人で腰が低い。ていねいに頭をさげた。

「はい、こう暑くてはこまります。今日は親分は釣り鐘のご検分ですか」

「いえ、検分だなどと、そんな大層な話じゃないんで。川涼みをかねて、釣り鐘を舟で運ぶのを見物しようという、ほんの物好きでございますよ」

「わたしも長年、廻船問屋をやらせていただいてますが、これまで、何百貫もあろうという釣り鐘を運んだことなど一度もない」

男は愛想よく笑った。その目が明るく澄んでいる。

「お恥ずかしい話ですが、店にいても、どうにも腰が落ち着きません。それで、つい、こうして出てきてしまったようなわけでございます」

「………」

ふたりの話を聞きながら、重四郎はまじまじと男の顔を見つめている。

——これが阿波屋利兵衛か。

世情にうとい重四郎だが、さすがに阿波屋利兵衛の名は聞いている。

阿波屋は、百艘以上のはしけを持ち、常時、数百人の船頭をかかえているという。株札を持つ廻船問屋のなかでも、まずは三本の指に入る実力者だといわれている。

話の様子からすると、どうやら、釣り鐘を宮様河岸まで運ぶのは、この阿波屋の船であるらしい。

船頭あがりだと聞いているが、その物腰はやわらかで、如才がなく、いかにも大店の主人らしい風格を感じさせる。その体が筋肉質であるのをべつにすれば、船頭あがりの前身を少しもうかがわせない。

利兵衛はチラリと重四郎に視線を投げかけると、

「こちらのお侍様は、親分のお知り合いですかな」

そう藤吉に尋ねた。

藤吉が口を開くより早く、

「わたしは弓削重四郎といいましてね。芝神明町の裏店《うらだな》で、傘張り内職をして、おつかつ、その日をしのいでいる、しがない浪人者ですよ。茗荷谷の親分には、昵懇《じっこん》にしていただいて、いろいろとお世話をかけている」

そう重四郎が答えている。

「これはどうも。お侍様に、そのように丁寧に挨拶されたのでは、わたしども商人《あきんど》は、返事のしように困ります。わたくしは、阿波屋利兵衛という者でございまして、廻船問屋をあきなわせていただいております。以後、よろしくお見知りおきのほどを、お願いいたします」

利兵衛はあくまでもそのいんぎんな物腰を崩そうとしない。尋常に挨拶をして、深々とその頭を下げたのだが――

「……」

ふと重四郎は眉をひそめた。

利兵衛が顔をあげたとき、一瞬、ほんの一瞬だが、その目をするどいものがよぎったように感じたのだ。それはほとんど殺意といってもいいものだった。

が、あらためて見なおすと、もう利兵衛の表情は、おだやかな、いかにも大商人らしい福相に戻っている。いや、そもそも、その目に敵意が宿ったと見たのは、重四郎の錯覚だったかもしれない。

そのとき、

「釣り鐘がやって来ましたぜ」

藤吉がそう声をあげた。

はるか、とろりと油を流したような神田川に、日の光を集めて、釣り鐘を積んだ運搬船がゆっくり進んでくる。

船頭はふたり、そのほかに人足らしい男たちが何人か乗っている。

むやみに人目にさらすのを嫌ったのだろう。釣り鐘にはこもがかぶせられ、縄がかけられていた。

神田川には、ほかに舟は出ていない。

まばゆい光のなか、夏草のみどりが燃えたつように揺れている。ときおり、カワセミが青い背をひらめかせ、サッと、川面をかすめる。

静かだ。

ただ、船頭の櫓をこぐ音だけが、川をわたって、眠気を誘うように、とろとろと聞こえていた。

異変は突然、起きた。

ふいに船頭が叫んだ。舟がぐらりと大きく揺れた。舳先で櫓をつかっていた船頭が頭から川に落ちた。舟が傾き、人足たちが悲鳴をあげながら、落ちる。こもをかぶせられた釣り鐘が、舟板をずるずると滑った。舟がまた大きく揺れる。

藤吉が、

「こいつはいけねえ」

そう叫んだときには、釣り鐘は傾いて、川に落ちた。

盛大に水しぶきがあがった。

その白い水煙のなか、釣り鐘が大きく撥ねあがるのが見えたが、それもほんの一瞬のことで、すぐに沈んでしまった。

そのときには舟も転覆している。

川に投げだされた人足たちが、救いを求めながら、懸命に水を掻いている。

「なんてこった」

藤吉は、一瞬、立ちすくんだが、すぐに走りだした。

河岸十八間通りには自身番屋がある。おそらく、そこに人を呼びに走ったのだろう。

むろん、そのときには利兵衛も夏羽織を脱ぎすてて、すばやく尻端折《しりっぱしょ》りにして、神田川に飛び込んでいる。

さすがに船頭あがりというだけあって、水練はお手のものらしく、あざやかに水を切って、舟に向かった。

重四郎だけが、ただぼんやりとその場に残っている。

けげんそうに眉をひそめている。あごに手をやると、

「妙だな」

ボソリとそうつぶやいた。

3

七夕まつりが翌日に近づいた。

五色にいろどられた色紙や短冊がかざられた笹竹が、家々のうえに高くたてられ、夜風にはためいていた。

天をわたって流れる天の川があざやかに輝いている。

芝神明町の裏店にも子供はいる。ささやかながらも笹竹をかざり、その笹の葉ずれがさやさやと響いていた。

路地には、涼み台が出され、おしゃべりに興じるおかみさんやら、将棋に熱中する男たちで、いつまでもざわめきが絶えない。

それもあまり遅くなると、

「明日にさしつかえるぞ。寝ろ寝ろ」

家主が追いたてにかかり、ひとり、ふたりと、人々は家のなかに戻っていく。

ようやく路地が静まりかえり、人の姿がなくなった夜の四つ（午後十時）、木戸番所から番太郎が出てきた。

番太郎の名は、善助。

もう六十もよほど越したろうと思われる年寄りで、草履、渋団扇《しぶうちわ》、炭団《たどん》などを細々とあきないながら、町内の雑用をしている。

これでは、毎日の、拍子木を打つ仕事にもさしつかえるだろう、と思わせるほど腰が曲がっていて、その足どりもよたよたとおぼつかない。

木戸を閉めようとして、善助はふと眉をひそめた。

木戸のまえに、駕籠《かご》屋がふたり、いいいあんぼっ駕籠をはさんで、所在なげに立っている。

善助は木戸のくぐりを抜けると、

「もうお帰りなせえ。どうも、今夜は、弓削さんは戻ってこないらしい。なにしろ若いご浪人だ。たまには夜遊びがすぎることもありまさあ」

そう駕籠に声をかけた。

駕籠のすだれ窓に白い顔が覗いた。若い娘のようだ。頭を下げた。銀杏がえしに、び、らびら簪《かんざし》が揺れる。すだれ窓ごしに見ても、目の涼やかに張った、美しい娘だった。

「こういっては何だが、弓削さんは、あちらにふらふら、こちらにふらふら、とんと風吹き鴉のようなお人だ。当てにして待ってると馬鹿を見ますぜ。お帰りなせえ、お帰りなせえ」

善助は歌うようにいいながら、木戸を閉めると、番所に戻った。

さすがにあきらめたのだろう。善助が番所に踏み込んだときには、駕籠は動きはじめていた。

部屋のなかから、

「帰ったかえ」

そう声をかけたのは、重四郎だ。

不精たらしく、肘まくらで、寝ころびながら、茶碗酒を飲んでいる。

「ああ、帰ったよ」

善助は不機嫌だ。

「重四郎さんも不人情なお人だ。菊村のお節さんといえば、評判の小町娘じゃねえか。その小町娘が、かわいそうに、ああしてあぐねているんだ。すこしは哀れとは思わねえんですかえ」

「よせよ、とっつあんらしくもねえ。辻番がちがうぜ。おれは三十五十のはした銭を稼ぐ貧乏浪人だ。いくらなんでも大店のお嬢さんが相手じゃ気がひける」

「だけど、重四郎さん、深草少将《ふかくさのしょうしょう》じゃあるまいし、ああして毎夜かよってくるものを、むげに——」

「だからさ。一時の気の迷いさ。いずれは夢から覚める。相手にならねえほうがお嬢さんのためなのさ。それにな、おれは生娘《きむすめ》は嫌いだよ。面倒でいけねえ」

「けっ、よくもまあ、ぬけりんと」

善助は、重四郎の手から貧乏どっくりを引き寄せると、自分もやけのように茶碗酒をあおった。

菊村のひとり娘、お節は、火事に巻き込まれて、危うく焼け死にそうになるところを、上野山内の時鐘に救われた。

そのとき、なかば夢心地のうちに、弓削重四郎と夫婦になれ、さすれば末代まで幸せになれるだろう、との観音様のお告げを聞いたという。

むろん、それまで、お節は重四郎とは一度も顔をあわせたことがない。菊村の主人は信心があつい。それがどんなことであれ、観音様のお告げとあれば、これをむげに無視することはできない。

岡っ引の茗荷谷の藤吉に依頼して、弓削重四郎という浪人が、芝神明町の裏店に暮らしていることを突きとめた。

だが、重四郎という若者には、妙にへそ曲がりなところがあるらしい。貧乏浪人の分もわきまえずに、菊村の身代にも、お節の美貌にも目もくれず、ただもう、お節の婿におさまるのを断りつづけた。

それでもなんとか菊村の主人夫婦はあきらめたようだが、お節は思いを断ちきれずにいるらしい。娘らしい一途《いちず》さで、三日に一度は、ああして板張り春慶塗りのあんぽつ駕籠をあつらえて、長屋にやって来る。

お節も強情だが、重四郎もそれに輪をかけて強情で、もったいなくも、小町娘から逃げまわり、ついにこれまで一度も会おうとしない。

善助はぐいぐいと冷酒をあおっていたが、ふと思いだしたように、

「そういえば、重四郎さん、〝鐘ヶ淵〟の噂は聞きましたかえ」

重四郎の顔を見た。

「〝鐘ヶ淵〟？　何のことだ。猿若町に熊坂長範の芝居でもかかったか」

重四郎は眉をひそめた。

昔、府中の国分寺には、男鐘、女鐘のふたつがあり、大泥棒の熊坂長範が、そのうちの女鐘を、霞ヶ浦の沖に投げ込んだ。

女鐘は、男鐘をしたって、日々、泣き声をあげ、そのために、鐘のうなりが水の底から聞こえてくるという。

これが江戸の人たちによく知られている。〝鐘ヶ淵〟の伝説である。

もっとも、そのほかにも、鐘ヶ淵の地名はいたるところにあり、たとえば、深い湖底に沈んだ鐘がうなりをあげて凶変を告げる、などといった伝説が残されている。

「重四郎さんに猿若町の話をするほど、おいら、物好きじゃねえ」

善助は苦笑して、

「神田川に沈んだ時鐘ですよ。なにしろ深瀬にはまり込んだらしく、さすがの阿波屋が引きあげようにも引きあげられねえ。しょうことなしに、そのまま沈みっぱなしにしているらしいんですがね」

「うん」

「なんでも、夜になると、水の底から鐘のうなりが聞こえてくるといいます。船頭たちが気味わるがっているらしい。河童が悪さをしてるんじゃねえか、という奴もいるんだが、正味のところは何ともいわれねえ」

重四郎は切れた。ニヤニヤと笑いながら、あごを撫で、

「酒も切れた。どうだえ、とっつあん、これから神田川に行ってみねえか」

「これからですかえ。やあ、そいつはごめんだ。もう四つ（午後十時）を四半刻は過ぎてますぜ」

善助は顔をしかめた。

「どうせ暇《ひま》っ費《つうや》しだ。そういわずに、つきあいなよ。うまくいけば、捕らえた河童を両国の見せ物小屋に売りさばいて、おたからにありつけるかもしれねえぜ」

重四郎は勢いよく立ちあがった。

4

もう、かれこれ九つ（深夜十二時）をまわっている刻限だ。

残暑とはいっても、もう七月たなばた（旧暦）だ。さすがに、この時刻になると、川

をわたる風もひんやりと涼しい。

筋違橋御門橋台から舟を出し、沖町・両町持ちの物置場を横目に見ながら、花房町の河岸物揚場に向かう。

櫓をつかっているのは善助だ。

重四郎は、といえば、舳先のほうに腰をおろし、のんきたらしく、夜風に顔をさらしている。

遠く、神田川の岸に、麦湯売りの行燈の明かりがポツンとともっている。さぞかし、腰掛けの涼み台には、売り子めあての男たちが鈴なりになっていることだろう。

重四郎が、

「どうだ、とっつあん。帰りに麦湯でもやっていくか」

そう呼びかけると、

「まあ、やめときましょう。麦湯や、葛湯の惣仕舞いをしたんじゃ、江戸っ子の名折れというもんだ」

善助はにべもなくいった。

この善助ぐらい妙な男はいない。

ふだんの、洟水《はなみず》をすりながら、よろよろと歩いている姿を見れば、もう半分ぼけているとしか思えない。

それが、いったん、よれよれのひとえを裏返し、黒い裏地に身を包んだとたん、曲がった腰がしゃんと伸びる。屋根から屋根に飛びうつる、塀に跳ねあがる、軽業まがいの身のこなしを見せるのだ。

この舟も神田川の網舟屋から盗み出してきた。それぐらいの芸当は難なくできる男だった。

善助が櫓をつかう手をやすめると、

「このあたりじゃありませんか」

ひとえのふところを拡げ、胸もとに風を入れた。

「こうっと、ああ、そのようだな」

重四郎は夜目がきく。

河岸通りにたてかけられた木材をぼんやり見通すことができた。

善助はあざ笑うように、

「さて、どうするね、重四郎さん。どうも河童は出ないようですぜ」

「ああ、出ないようだな」

「男ふたりで川遊びも気のきかねえ話だ。どうします。帰りますか」

「まあ、もうすこし待ってみるさ」

「なにを待つんですかえ」

「さてね、そいつはおれにも分からねえ。どうせ暇っ費《つうや》しだとそういったじゃねえか。夕涼みに出たと思えば、腹もたつめえ」

「重四郎さんは、どうで暇な体だから、それでもよござんしょうがね」

善助が不満げにつぶやいた。

そのときのことだ。舟が大きくグラリと揺れたのだ。どこからか、どん、と水の音が響いた。

とっさに善助は舟板に張りついている。その動きの敏捷なことはさすがだ。

善助とは反対に、重四郎はわずかに腰を浮かしている。

舟はゆらゆらと揺れる。が、これはいまの大揺れの、いわば余波のようなものらしく、もう大きな揺れは来ない。

一瞬、間をあけて、

「重四郎さん、聞こえますかえ」

そう善助がひりついた声をあげた。

「ああ、聞こえるぜ」

さすがに重四郎の声も緊張していた。

何かが聞こえてくる。何かが？　いや、これは鐘の音だ。

それも、たしかに川底から、いんいんと聞こえてくる。不気味な音色だ。その音は、吠えるように高まったかと思うと、すすり泣くように低まり、それを交互にくりかえして、やむことがない。

「重四郎さん、こいつはいけねえ。掛け値なしの鐘ヶ淵だ」

「しっ」

重四郎はそう善助を制すると、舟べりから身を乗り出し、川面に耳を近づけた。

一心に鐘の音に聞きいった。いつになく真剣な表情になっている。

鐘の音色はしばらくつづいた。しだいに、水に溶け込むように低くなり、やがて、ぷつんと途切れた。あとにはただ川波のまどろむような響きが聞こえるばかり。

重四郎はようやく顔をあげた。そして、善助と顔を見あわせる。

どちらからともなく声を振りしぼり、

「出ましたねえ、重四郎さん」

「出たなあ、とっつあん」

5

河岸十八間通り、その物揚場の桟橋に、舟を寄せた。

ゆらゆらと舟が近づいていくと、物揚場の暗がりに、ひとつ、ふたつ、提灯の明かりがともった。

「おや、こんな刻限に、だれだろう」

重四郎は眉をひそめた。

背後に、カタン、と乾いた音がした。重四郎は振り返った。舟板に、櫓が落ちていて、善助の姿が消えている。水の音も聞こえなかったが、どうやら、すばやく川に身を滑り込ませたらしい。

「あいかわらず早い逃げ足だ」

重四郎は苦笑した。

善助は、人から、もうろくした番太郎と思われるのを好んでいて、もうひとつの自分の顔を知られるのを、極端に嫌っている。

どうやら、前身は泥棒だったらしく、その素性を人に知られるのを、なにより用心しているらしいのだ。

この場合も、提灯を持っているのがだれであれ、その相手に、自分の姿を見られるのを嫌ったのだろう。

――しょうがねえな。

重四郎は棹を持ち、慣れない手つきで、なんとか舟を栈橋につけた。

栈橋にあがった重四郎に、スッと提灯の明かりがさし出された。

その明かりから顔をそむけて、

「顔あらためか。やめてくんねえ。おれは夜盗でもなければ、辻斬りでもねえよ」

重四郎は不機嫌な声でいった。

「顔あらためなど滅相もない。どうして、わたしどもがお武家様にそんなことをいたしますものか」

笑いを含んだ声が聞こえ、

「ただ、ご存知のとおり、物揚場には材木などが積んであり、明かりなしでは、慣れないお方には危のうございます。さしでがましいことをするようですが、この提灯は、ころばぬ先の杖でございますよ」

重四郎は提灯の明かりを透かして、相手の顔を見た。

阿波屋利兵衛だ。

あいかわらず、明るく澄んだ目をして、ニコニコと笑っている。

「これは阿波屋のご主人、さすがに大身代のあるじともなると、その心ばえが違う。こんな夜中に、ご主人みずから、沈んだ鐘を見にきなさったか。いや、そうでなければ、身代はきずけない。わたしもせいぜい見習うことにしよう」

「いや、これは耳が痛い。わたくしのような者が人様の手本になるなどとんでもない。それどころか、とんだ素人っぽいしくじりをしでかして、お奉行からもきついお叱りをうけました」

「時鐘を落としたことかえ。あれが素人っぽいしくじりとはうなずけねえな。わたしにはずいぶんと手際よく見えたものだがね」

「なんであれが手際がいいものですか。大切な時鐘を運ぶというので、年季を積んだ船頭をよりすぐったつもりでしたが、とんだ河童の川流れ、なにを血迷ったのか、船頭がふたりして、舟を傾けてしまいました」

「そうかな。わたしにはそんなふうには見えなかった。それどころか、あの船頭ふたり、はかって舟を傾け、鐘を落としたように見えたがね」

「何をおっしゃいます。阿波屋は素性の知れぬ船頭は使いません。とかく川者は気性が荒い、といわれますが、あの者たちにかぎって、そんな悪さをする道理がございません」

「なにも船頭が自分たちではかったこととはかぎらねえわさ」

「おあずかりした鐘を、むざむざ川に沈めたままでは、この阿波屋の面目玉はまるつぶれです。かといって、あれだけの重さのものを、どうやって引きあげたものか、いい思案もつかず、ほとほと、あぐねはてているところでございますよ」

利兵衛は、重四郎の皮肉を柳に風と受けながして、

「たしか弓削様とおっしゃいましたね。舟を出すには、いささか時刻が遅すぎるようですが、夕涼みでございますかな。それとも夜網かなにかで？」

「そのなにかのほうでね。このところ、からっちけがきわまって、どうにもしのぎがつかない。そこで聞きつけたのが、神田川が鐘ヶ淵になったという評判だ。ここで一番、評判の化け物を生け捕りにして、両国の見せ物小屋にでもたたき売ってやるべえ、とそう考えたのさ」

それで、と利兵衛はあいかわらず愛想のいい声で尋ねてきた。

「化け物は生け捕りにできましたかな」

「すんでのところでとり逃がした」

重四郎は首をかしげ、

「いや、まだ、とり逃がしたわけではないかな」

その皮肉もまた利兵衛はさらりと受けながして、

「化け物といえば、いま、舟でご一緒だったお人は、芝神明町の番太郎さんではありませんか。たしか、名を善助さんとかおっしゃるお人だ。違いましたかな」

「こいつはおどろいた。阿波屋の利兵衛さんともあろう大旦那が、しがない番屋の番太郎の名を、知っておいでか。いや、それもおどろきだが、この闇のなかで、善助が消えたのをよく見きわめなすった」

「なに、わたしが見きわめたわけではない。わたしにはそんな芸当はできませんよ。わたしの連れは、ふたりながら、よく夜目がききます。この者たちが見とどけたのでございますよ」

利兵衛は、自分の後ろで、提灯を持って立っている男ふたりに、チラリ、と視線を投げかけた。

「……」

重四郎もそのふたりを見た。

三十がらみの、どことい って特徴のない男たちだ。平凡な顔だちといっていいだろう。ただ、ふたりながら、妙にさっぱりとした顔つきをしていて、そのことがわずかに気にかかった。

「つかぬことをお尋ねするようですが」

利兵衛はまた笑顔を向けると、

「弓削様は、きりくびの善十という泥棒《ぬすっと》の名をお聞きになったことはございませんか」

「きりくびの？　いや、聞いたことはないようだ。名の知れた泥棒かね」

「はい、なんでも軽業まがいに身体《こや》の軽い泥棒だったそうでございます。もっとも、十余年もまえに、ふっつり消息を絶って、それぎりになっていますが」

「きりくびとは妙な名だな」

「お芝居でつかう首のことを切り首と呼ぶんだそうです。首はまだ舞台において湯にはいり。つまり、それぐらい神出鬼没な泥棒であったらしい」

「そのきりくびの善十とかがどうかしたのかえ」

「いや、好き放題に江戸の町を荒らしたとそういいますからね、十余年たったいまでも、捕らえられれば、きりくびがほんとうに鈴ヶ森で獄門にかけられ、沖の白帆を眺めることになるんじゃないか、とそう思うんですがね」

「………」

「弓削様、こんなことは申しあげたくはないのですが、きりくびの善十はもちろんのこと、あなた様もその棒組だと、お恐れながらとお上にうったえ出れば、これはどのようなことになりましょうかな」

　利兵衛はあいかわらず笑っている。その目はどこまでも澄んで明るい。

6

ここは芝宇田川町――

芝神明町に戻る道すがら、町内を二分して宇田川が流れ、東と、西に、それぞれ旗本屋敷があり、暗闇のなかに、ただぼんやりと白塀がつづいているばかり。

そこを弓削重四郎が歩いている。

手には阿波屋利兵衛から渡されたぶら提灯を下げていた。

ふいに屋根のうえから、

「重四郎さん」

そう声が降ってきた。

重四郎はぶら提灯をかざした。ぼんやりと明かりが浮かんだ。白塀のうえに善助がうずくまっている。

「聞いたぜ。なんでも、とっつあんはきりくびの善十とかいう名だかい泥棒《ぬすっと》だったそうじゃないか。泥棒だった、ということは知っていたが、まさかのことに、そんないい顔だった、とは知らなかった」

重四郎はのんきな声でいう。

「阿波屋の奴、おれのことをとっつあんの棒組だろう、といいやがった。いざとなったらお恐れながらと訴えでるとさ。とっけもない挨拶をしやがる。さすがのおれも面くらったぜ」

「なに、訴えでたりするもんか。後ろぐらいのはおたがい様さ。あそこにいたのは金目銀目だ。間違いねえ」

「金目銀目？　はてね、近頃、聞かねえ判じ物だ。なんでえ、それは？」

「押し込みもやれば、人殺しもする。ねっから血のにおいが染み込んだ悪党でさあ。匕《あい》首《くち》を使わせれば、とてものことに、なまじいの者じゃ歯がたたない。そのうえ、あのふたり、奇態に夜目がきく。金目銀目に、夜、襲われでもされようものなら、まずは助からねえと思ったほうがいい」

「そいつはなんとも物騒な連中だな。おれはヤットウはからっきしだ。襲われたら、まずは逃げだす算段をすることにしよう」

「そいつはできねえ」

「うん？」

「手遅れだよ。重四郎さん」

「……」

「気の毒だが、金目銀目のふたりはもう重四郎さんを殺すつもりでいるらしい」

「とっつあん」

重四郎は叫んだが、そのときにはもう、善助の姿は塀のうえから消えていた。

いつものことだが、善助はいざとなると、とたんに冷淡になってしまう。わが身大事を一番にして、あっという間に、逃げ去ってしまうのだ。

重四郎はぶら提灯をかかげて、あたりを見さだめようとした。

ヒュッ、と風を切る音が聞こえ、提灯の明かりが消えてしまった。

一瞬のうちに、周囲は闇に閉ざされた。

どうやら、石つぶてか何かを投げつけてきたらしい。狙いたがわず、提灯の明かりを消してしまうところなど、なみの人間にできることではない。

「………」

そのときになってようやく、重四郎はどうして阿波屋がぶら提灯を貸してくれたのか、そのわけに思いあたった。

提灯の明かりに目を慣れさせておくつもりだったのだ。突然、その明かりを消されればどんな人間も、しばらくは夜目がきかないだろう。

ふだんの重四郎は夜目がきく。それがなまじ、ぶら提灯の明かりに、目を慣らされたばかりに、突然の暗闇に、自分の鼻先さえ見ることができない。

「チッ」

重四郎は舌打ちをした。

すばやく足を運んで、後ずさり、白塀にピタリと背中をつけた。そして、闇のなかをジッと透かし見た。

重四郎は、剣術には自信がない、と人にいう。事実、とっくの昔に、大刀を質に流して、剝げちょろ鞘の脇差を一振り、腰にさしているだけなのだから、人もその言葉を疑わない。

が、実際のところ、重四郎はそれほど剣術が不得手というわけではない。道場に通ったわけでもなく、素振りなどもしたことがないが、なまじの剣術遣いよりは心得があるはずだ、とそう考えている。

もちろん、いままで人を斬ったことなどない。が、やむをえない事情から、地まわりのごろつきや、用心棒たちを相手に、剣を振るったことが、一度ならず、ある。

いずれの場合も、相手をほとんど一撃のもとに倒してしまった。

重四郎には妙なところがある。生まれながらに、勘がいいらしく、相手が次にどこに撃ち込んでくるか、それを的確に知ることができるのだ。そして、撃ち込もうと思えば、難なく相手を撃ち込むことができる、天性、そんなところがあるらしい。

しかし、今回は、いささか事情が異なるようだ。

どんなに視線を透かし、全身の感覚をとぎすましても、闇のなかにひそんでいるはずの相手の姿を見さだめることができない。

金目銀目はすっぽり闇に溶け込んでしまっている。

それでいて、金目銀目からは重四郎の姿がよく見えているのだ、とそう考えると、さすがに全身のわななく思いがする。

阿波屋利兵衛の背後に、ひっそりとたたずんでいた、ふたりの男の顔かたちを思い出そうとした。

が、ただ、どうということのない顔かたちだった、とそう思うだけで、具体的な容貌を思いだすことはできない。

それだけに、金目、銀目のふたりが、何をどう仕掛けてくるか、それを予想することができない。

重四郎はわざと足音を荒くし、塀ぎわに身をすべらせた。

しかし、そんな見え透いた誘いに乗ってくるような、なまやさしい相手ではないらしい。やはり闇のなかにはぴくりとも人の動く気配がしない。

ついに耐えきれず、

「おい、金目銀目――」

そう闇のなかに呼びかけた。

自分たちの名を呼ばれれば、すこしは動揺するかと思ったが、そんな心得のない連中ではないらしい。闇にはただしんと静寂がみなぎっているばかり。

かまわず、重四郎は言葉をつづけた。

「両国の百日芝居《おででこ》でもあるめえし、だんまりはいただけねえぜ。出てこねえか。用心するがものはねえ。どうせ、おれの差しているのは金っぺら、こんなものを振りまわしたところで、たかが知れてらあね」

その瞬間、闇が動いた。

なにかが飛んできて、重四郎の体をかすめると、すばやく反転した。

とっさに重四郎は脇差を抜き、それを跳ねあげたが、相手の動きは速く、剣はむなしく宙を追っただけだ。

そのときには、反対側から、もうひとりが飛び込んできた。

まるで猫のようだ。その動きも、匕首の使いようも、まったく予想がつかない。

突くと見せかけ、すかさず逆手に持ちかえると、くるりと後転しざま、それを重四郎の胸に撃ち込んできた。

かろうじて脇差で、それを払いのけはしたが、流れた匕首の切っ先が、重四郎の肩をかすめた。

金目、銀目は、左右に飛びちがえ、そのまま、闇のなかに沈んだ。そして、ふたたび、嘘のように気配を絶った。

「…………」

重四郎は肩に血の感触を覚えている。血は肩から腕にしたたり、脇差を持った手に、ぬるぬると粘ついた。わずかながら指の感触が薄れてきたようだ。

――こいつはいけねえ。

重四郎はさすがに動揺した。

金目、銀目のふたりは、闇のなかでも、昼間とおなじように、ものを見分けることができるらしい。しかも、ふたりながら、じつに軽捷な動きを見せ、その匕首が、どこにどう飛んでくるか、まるで予想がつかない。

——金目銀目に、夜、襲われでもされようものなら、まずは助からねえと思ったほうがいい。

善助の言葉を思い出した。

重四郎はかすかに身震いしたが、それは必ずしも、出血に体が冷えたからばかりではなさそうだった。

7

どれぐらいの時間が過ぎたろう。

ふいに目のまえに明かりがともった。

重四郎は目を瞬かせた。

いきなり提灯をかざしたのは見知らぬ中年男だ。

すり切れたひとえに、安物の帯。下着はくすんだ色のさらし木綿。頭はほとんど禿げあがり、かろうじて残った髪が、未練なすだれのように、残っている——貧乏神のように貧相な男だった。

その貧乏神が、

「もう心配はいらない。あいつらは闇のなかのお化けのようなものだ。明かりのなかでは仕事はしないよ。わたしの提灯を見るなり、さっさと退散しちまった」

そういい、あらためて、まじまじと重四郎の顔を見つめると、

「それにしてもおまえさんは弱いねえ。そんなに弱くちゃ、なにかと不便だろう」

さすがに重四郎は苦笑し、

「仰せのとおり、一言もありませんよ」

なにしろ金目銀目が立ち去ったのにも気がつかなかったのだ。こんなだらしない話はない。弱いといわれれば、そのとおりで、どうにも弁解のしようがない。

「あんた、怪我をしてるようだ。そんなに深手ではないらしいが、放っておいていい怪我でもないようだ」

貧乏神はそういったが、だからといって、手当てをしてやろう、というほどの親切心の持ちあわせはないらしい。

「あんた、住まいはこの近くなんだろう。早く帰ったほうがいいな」

「なに、血さえとまれば、こんな傷、どうってことはない」

　重四郎は脇差を鞘におさめると、

「ところで、あんたは誰で、どうして、わたしの住まいがこの近くだということを知っているのかな」

「あんたの名は弓削重四郎、住まいは芝神明町の宮地裏。傘張り内職をして、その日その日を、おつかつしのいでいる。まあ、お侍といっても、風吹いたおさぶ、の口だね」

　貧乏神は口をすぼめるようにして笑い、

「そのほかにも、あんたのことは、いろいろと調べさせてもらったよ」

「おどろいたな。わたしの素性を洗ったところで、どうなるものでもなかろうに、いよいよ、あんたが何者だか、それを知りたくなったよ」

「あんた、たばこをお持ちではないかな」

　いきなり、貧乏神がそう尋ねてきた。

「たばこ？　どうするんだ」

「なに、吸うのさ」

「あいにく、あんたもいったように風吹いたおさぶの貧乏浪人だ。きせるも、たばこ入れも持ちあわせちゃいないのさ」

「それじゃ、せめてものことに、この提灯を持っちゃもらえないかね」

「おいおい、わたしは怪我人だよ」

「なに、たいした怪我じゃない」

「………」

重四郎は苦笑せざるをえない。提灯を取った。

貧乏神は、平然として、安物のたばこ入れを取りだすと、これも安物の鉄きせるに、たばこを詰めた。提灯の火を、たばこに移し、うまそうに煙りを吐きだすと、

「隠しだてするつもりはありませんよ。わたしの名は徳兵衛、人様からはおよその徳兵衛と呼ばれている」

「およその徳兵衛？　聞いたことのある名だな。もしかしたら、鐘請負人の徳兵衛さんじゃないかえ」

重四郎は目を見張った。

このころ、江戸の人は、時の鐘を聞いて、時刻を知った。時鐘は、鐘つき料徴集の地域をさだめ、料金を取る。鐘一基で、一生、安楽に暮らせるのだから、こんなにいい商売はない。鐘つきの権利（株）が売り買いされるようになるのは当然だろう。

およその徳兵衛は、本所横川町の鐘役だ。ある種の、江戸の有名人といっていい。

徳兵衛のうつ鐘は、神韻縹渺《しんいんひょうびょう》、その響きに聞きほれぬ者はいなかったが、それで名が知られているわけではない。時鐘を打ちながら、この徳兵衛はおよそ時刻に大ざっぱで、ひどいときには、平気で七つに暮れ六つの鐘を打つ。

それでいながら、なんとはなしに、その存在を許されているのは、それだけ、江戸の人たちがのんきだからだろう。

「そうか、あんたが、あの有名なおよその徳兵衛さんか」

重四郎はまじまじと徳兵衛の顔を見て、

「その徳兵衛さんが、どうして、おれのことを知っているのかね」

「なに、あんたは、いわば、わたしたち鐘請負人のお仲間のようなお人だからねえ。それですこし調べさせてもらったのさ」

「分からねえな。おれは時鐘の株なんか持っちゃいねえぜ」

「たばこも買えないようなお人が株なんか買えるはずがない」

　徳兵衛はニヤリと笑って、

「そうじゃないよ。いずれ、あんたはわたしたちの味方になる人だ、とそういっているんだよ。だから、まあ、いってみれば、お近づきのしるしに、あんたを金目銀目から救ってやったんじゃないか」

「助けられたのには礼の言葉もないが、それにしても、妙な辻占《つじうら》じゃないか。おれはあいにく血のめぐりが悪い。こんなおれでも分かるように、絵解きをしてもらいてえ。どうして、おれが、あんたたちの味方になる、とそんなことが決めつけられるんだ」

　重四郎はあっけにとられるばかりだ。

「いまのあんたに話したところで得心しやあしめえ。こういうことはゆっくりと時間をかけないとね。まあ、いまは前世からの約束事で、とそういうことにでもしておこうよ」

　徳兵衛は掌にきせるをはたき、それを腰にしまうと、

「今晩はとりあえず顔つなぎだ。いずれ、おいおい、話をしていくさ。まあ、せいぜい

気をつけて、お帰り」

8

今夜は七夕祭りだ。

庭のある家は庭に、庭のない町家は物干しに、それぞれ、その長さをきそって、竹をたてる。

竹の先には、紙を切った網を長々とつけて、糸をつけたほおづきや、西瓜、梶の葉盃の形に切った紙などを、色とりどりに飾りたてる。

夕暮れになり、涼風が吹きだすと、その飾りが一斉にさらさらと鳴って、騒がしいほどだった。

上野の鉄物商、菊村の広い庭にも、長竿にくくりつけられ、ひときわ高く、竹がたてられている。

その竹の下で、ひとりの娘が、ひっそりとうずくまっている。

藍色に染めあげたゆかたが見るからに涼しげだった。

菊村のひとり娘、お節だ。

お節のまえには黒塗りの盥《たらい》がある。盥に水が入れられているのは、星を映してみるためだ。

お節は一心に盥を覗き込んでいたが、

「あっ」

かれんな声をあげると、空を仰いだ。

空に、一筋、星が流れた。

その星が消えぬ間に、

「どうか、弓削重四郎様と添いとげられますように。どうか弓削様の身に間違いが起こりませんように」

お節は手をあわせ、懸命に祈った。


どことも知れない岩室のなかだ。

途方もなく広い。

壁といわず、天井といわず、さしちがいの丸太に補強され、はるか高みに開けられた明かり取りには、金網が張られている。いたるところに、灯がかけられているが、それもすべて金網張りになっている。

満々と水がたたえられている。小舟が何隻も浮かんでいた。あちこちに板が渡され、梯子がかけられ、桟橋がつき出している。

その板を身軽に渡って、何人もの人足がこもでくるんだ荷物を運んでいた。

どこからか、重い鎖を引くような音がぎしぎしと聞こえてきた。岩室の壁の一部がどんでん返しのように開いて、そこから大量の水がドッと流れ込んできた。

小舟が揺れ、男たちが板から板に渡って、水を避ける。

また、鎖を引く音がきしんだ。どんでん返しの扉が閉ざされる。そうやって閉ざされると、糸ほどの隙間も残さず、もう壁の一部としか見えない。

ほとんどの男たちがふんどし姿、そのなかにあって、ただひとり、律儀に前掛けをしめたお店者《たなもの》らしい男がいる。

その男が、

「いつまで、かかるんだ。旦那様はお待ちかねだよ。まだ鐘を運び込むことはできないのかい」

そう癇《かん》走った声を張りあげた。

その男の背後にスッと人影が浮かんだ。

その人影は、番頭さん、と声をかけて、

「そう、むやみに急がせるものじゃありませんよ。なにしろ、あれだけの重さの鐘だ。いくら水を流し込んで、舟から綱を引いたところで、そうそうたやすく呼び込めるものじゃない」

阿波屋利兵衛だ。

利兵衛の背後には、金目、銀目のふたりがひっそりと影のように立っている。

番頭はあわてて腰をかがめると、

「お言葉ではございますが、旦那様、水に打たれて鐘が鳴ります。その鐘の音を聞きつけて、神田川が鐘ヶ淵になったなどと、らちもない噂をたてる者があとを絶ちません。一日でも早く、鐘を運び込みませんと、とんだことにもなりかねません」

「番頭さんはあいかわらず心配性だ。時鐘を手に入れたのは、いわば、わたしのお道楽。そんな道楽仕事に、むやみに人足を追いたてるようなことをしてはいけません」

利兵衛はあくまでも鷹揚《おうよう》にかまえ、

「なに、心配はいりませんよ。町方ふぜいにこのからくりが見破れるはずがない。噂などは放っておけばいいことです」

そのとき――

「そんなに安心していていいのかえ」

ふいに頭上からそう声が降ってきた。

番頭は顔色を変えた。人足たちもそれぞれその場に立ちすくんだ。

ただ、利兵衛だけは、みじんも動揺した色を見せない。その、ふしぎに澄んだ明るい目を、岩室の天井に向けた。

岩室の天井には、縦横に、何本も材木がめぐらされている。おそらく、その声の主は、どこかの材木のうえにひそんでいるにちがいないが、暗くわだかまった闇が、その姿を隠している。

「町方はどうか知らねえが、おいらは、すっかり、そのからくりを見破ったぜ。おい、阿波屋、てめえ、ご禁制の品をあつかっていやあがるな。樽に入れた品物を川に投げ込んで、ころあいを見はからって、川の水ごと、その樽を誘い入れるたあ、へっ、なんとも恐れいったるからくりじゃねえか」

声はあざけるような調子を帯びて、

「おい、阿波屋、てめえ、乙《おつ》なおどしをかけやがったそうだが、こうなりゃあ、おいらの首と、おまえの首との取っかえべえだ。ふたり、なかよく、鈴ヶ森にさらされ、沖の白帆を眺めてもいいんだぜ。ざまあみやがれ」

笑い声が起こり、その声が岩室にこだまを返し――

そして、フッと途切れた。

それでも、しばらく利兵衛は、岩室の天井を見つめていたが、

「きりくびの善十、さすがにいい度胸だが、しょせんは年寄りの冷水というものだ」

苦笑混じりにそうつぶやいて、背後の金目銀目のふたりを振り返った。

ふたりはうなずき、スッ、と後ずさった。そして、瞬きする間に、もうその姿は消えてしまっている。

暗闇のなかに重四郎はジッとたたずんでいる。

かすかに川波の響きが聞こえている。

河岸十八間通りの材木置き場――

狭い敷地に、ぎっしりと材木がたてかけ並べられていて、空をさえぎり、星をあおぐこともできない。ただもう、鼻をつままれても分からないような闇がわだかまっているばかりだった。

その闇のなかから、

「重四郎さん」

そう声がかけられた。

「とっつあんか。待ちわびたぜ。首尾はどうだえ」

「首尾もなにも、金目銀目は、もうすぐそこまで来ていますぜ。さすがのおいらもあいつらだけは恐ろしい。悪いが、助太刀はできかねますぜ」

「はなから助太刀なんか当てにはしていねえのさ」

重四郎がそう笑ったときには、もう善助はどこかに消えていた。

重四郎はあごを撫でると、闇の底に視線を透かして、

「おい、金目銀目、おめえたちがいるのは分かっているんだ。ゆうべは思わぬ不覚をとったが、そうそう、おめえたちの好き勝手にはさせられねえ。天下の豪傑、岩見重四郎が鐘ヶ淵の化け物退治に参上つかまつったんだ。そのつもりで、腹をすえて、かかっ

てきやがれ」

そう明るい声を投げかけた。

そして、すばやく足を後ろに運ぶと、脇差を抜き払った。

なんの気配も感じなかった。が、金目銀目のふたりは、匕首を抜いて、闇のなかを走ったはずだ。

ザザッ、と笹の葉が鳴った。さすがに金目銀目のふたりは、おどろきの声をあげるようなことはしなかった。

しかし、思いがけなく笹の葉を踏んで、闇のなかに完全に殺したはずの気配をあらわしてしまった動揺は、隠しきることはできなかったようだ。

ふたりは宙に飛んで、闇を翔けたが、その跳躍も、刺突《しとつ》も、前夜のするどさには欠けていた。

重四郎は走った。

前方に飛び込んできたひとりの首を撥ねあげて、身をひねりざま、後ろに舞いおりてきたもうひとりの肩に、するどい一撃をたたき込んだ。

血がしぶいた。

さすがに金目銀目は闇のなかに生き抜いてきた男たちだった。ふたりながら、うめき声ひとつ洩らさなかった。あくまでも闇のなかに溶け込んで、ひっそりと、声もたてずに死んでいった。

重四郎は視線をこらした。しかし、闇にかき消され、金目銀目のふたりの死体は、まるで見ることができなかった。

「今夜は七夕だ。七夕でもなければ、こんな笹の葉を敷きつめるなんてことは思いつきもしなかったろうよ」

重四郎は歩きだした。

カサカサと草履の下で鳴る笹の葉が、いまの重四郎の耳には、妙に優しげなものに聞こえていた。

深川唐人踊り

1

富岡八幡宮は深川永代島にある。

隔年八月十五日、この富岡八幡宮で祭礼がおこなわれる。

この日は、三基の神輿が、本所一の橋の南から蔵前浦のまえまで神幸するならわしになっている。

なにしろ二年に一度の祭礼ということでもあり、この日は、あれこれ見せ物や、奉納の造り物が出て、おびただしい数の参詣人を集める。

そのほとんどが、信心半分、見物半分というところで、ここ富岡八幡宮では、参詣の帰りに、たち寄る店にはこと欠かない。

門前から三、四町というもの、茶屋や料理屋がずらりと軒をつらねて、弦歌の絶えることがない。なかでも、二軒茶屋と称する料理屋は有名で、牡蠣や、シジミ、ハマグリなどを名物にして、大いににぎわっている。

旧暦の八月はもう秋だ。

空は冴えざえと澄んで、晴れわたり、その空に、あざやかに紅葉した木々が、日に染みて映える。はらはらと落ちかかる木の葉にも、なんともいえぬ風情があり、人々の気持ちをやすらかに憩わせる。

が、そんな秋の日の散策を楽しむ人たちのなかにあって、三人、四人と、目つきのするどい男たちが、しきりに参道を行き来している。

地味ななりをしているので、人の目にはつかないが、ときおり、参詣人に走らせるその視線のするどさは、どうやら、かたぎのものではないらしい。

かといって、博打打ち、巾着切り《きんちゃくき》りのたぐいでもないようだ。

そうでないことは、その男たちに出くわした遊び人が、なにげない風をよそおって、スッと道を避けることからも、知れる。

なんとも得体の知れない男たちだった。

そんな男たちのひとりが、門前町のとある休み茶屋に踏み込んだ。

暖簾《のれん》をくぐったとたん、

「どうだ、安、網にかかりそうか」

床几《しょうぎ》にすわって、お茶を飲んでいた男がそう声をかけてきた。

見たところ、大店《おおだな》の番頭といった地味なこしらえの中年男だが、なんとはなしに、貫禄のようなものを感じさせる。

神田を縄張りにしている岡っ引、茗荷谷の藤吉だった。

茶屋に入ったのは、藤吉の一の子分の安三という男。いっぱし目はしがきいて、なかなかの腕ききなのだが、これが困ったように、頭をかきながら、

「いけませんや。かんかんのう、きゅうのれす……いゝ、いゝ、かんかんのうの唐人踊り、現れる気配も見せやがらねえ。親分のまえだが、こいつは見込みがはずれたかもしれませんぜ」

「大きにそうかもしれねえ。だが、まあ、そう気を落としたものでもなかろうぜ。おれは年寄りのくせに後生気《ごしょうぎ》が薄い。こんなことでもなければ、わざわざ八幡様まで参詣には来やしめえ。なにも信心だと思えば、腹もたつめえよ」

藤吉は鷹揚《おうよう》に笑って、

「まだ見込みがはずれたと決まったわけじゃねえ。こういったことは気長にかまえるこ

とだ。気の毒だが、もうすこし辛抱してもらおう。如才もあるめえが、くれぐれも気を抜くんじゃねえぜ」

「へえ、この頃は暑くなし、寒くなし、張り番もたいして苦にはなりません。そんなことはなんでもねえが――」

安三は歯切れの悪い口調になって、

「親分、真実、そんなかんかんのうの化け物がいるもんでしょうかね」

かんかんのうは、かんかんかん踊り、あるいは唐人踊りと称される踊りである。

もともとは、長崎の唐人屋敷でおこなわれたのが始まりだという。江戸でも以前からぼちぼち見られたが、文政四年、富岡門前町の出開帳のとき、この唐人踊りの見せ物が出て、それが大変な評判を呼んだ。

なにしろ三月に始まり、五月まで引きつづき興行し、ついには両国広小路で再演されたというのだから、その人気のほども知れようというものだろう。

かんかんのうきうのれんす　きうはきうれんす　きうはきうれんれん　さんちょな

らえ　さァいィほう　にいくわさん　いんぴいたいたい　やんあァろ

なにを歌っているのか、聞いている人間には、見当もつかない。そんな歌の文句の奇抜なところが、歌い手の異様な身振りとあいまって、評判を呼んだのだから、これはもう江戸っ子の気まぐれというほかはない。

もちろん、唐人踊りがただ江戸っ子の評判を呼んでいるかぎりは、べつだん、岡っ引の出る幕ではない。

妙なことが起こったのだ。

どうやら、評判になっている唐人踊りの一座とは、べつの唐人踊りがいるらしい。祭礼や、出開帳の盛り場に、しきりに、この贋物の唐人踊りが出没する。

かんかんのうの歌も、その舞いも、本物の一座とさして変わりはないが、妙なことというのは、この唐人踊りが立ち去ったあと、かならず何人かの見物客が姿を消してしまうことだ。

男、女、老人、子供……いまとなっては、何人の人間が消えてしまったか、その正確な数も知れないほどだ。

姿を消す理由のない人間が、忽然と消えうせて、しかも帰ってくることがない。

この時代、神隠しと称され、フッと失踪してしまう者は少なくないが、それにしても、唐人踊りが現れると、かならず何人かの人間が消えてしまうのは、いかにも解《げ》せない。

一座の正体が知れないとなればなおさらのこと、この唐人踊りが、人々の失踪になんらかの関わりがあるのではないか、とそう疑いたくなるのが当然だろう。

寺社奉行の依頼を受け、町方役人が乗りだしたが、どうにも探索がはかばかしく進まない。

唐人踊りといえば、まずは総勢十五人というところだろう。これだけの人数が相手なら、どこから糸をたぐっても、たやすくその正体が知れそうなものだが、どんなに探索を進めても、どこの何者なのだか、まったく見当もつかない。

この唐人踊りの一座は、忽然と姿を現し、ひとしきり、かんかん踊りを舞ったのち、風に吹かれるように消えてしまう。

あとをつけようとした者も、何人かはいたようだが、夕暮れの翳《かげ》のなかに溶け込んで、いつしか見失ってしまう。

こんな始末におえない相手もいない。

八丁堀同心たちは、それぞれ子飼いの岡っ引を追いまわし、あれやこれや、江戸市中に探索の網をひろげるのだが、ふしぎに唐人踊りはその網に引っかかってこない。

茗荷谷の藤吉も、八丁堀同心の手前、なんとかしらちをつけたいところだが、どうにも探索のめどがつかなかった。

方策きわまって、いかにも芸がないようではあるが、こうして出開帳、祭礼などがあるたびに、その場に、子分たちを何人か見張らせることにした。

藤吉は、内心、

――素人っぽい真似をさせやがる。

苦々しく思っているのだが、こんなことでもする以外に、どうにも探索の方法がつかないのだ。

ここ一月《ひとつき》ばかり、出開帳、祭礼となると、かならず子分たちを見張らせたが、これまでのところ、ついに唐人踊りの一座に出くわすことはなかった。

富岡八幡宮の祭礼はにぎやかだ。

今度こそは、と勢いこんでやって来たのだが、七つ（午後四時）になっても、唐人踊りの一座など、影もかたちも現さない。

子分たちの手前、鷹揚にかまえてはいるものの、

――また無駄足か。

藤吉は内心、落胆していた。

あきらめて、床几を立ちかけたそのときのことだ。

暖簾が揺れて、子分のひとりが顔を覗かせた。

「親分」

そう小声で呼びかけた声は、いかにもさりげないが、その底に、緊張を隠しきれずにいる。

その声を聞いただけで、子分が何を告げにきたのか、それが分かった。

「………」

安三が腰を浮かした。

いつになく、その顔が緊張した表情になっている。とっさに、右手をふところに突っ込んだのは、捕り物の鉤縄でもあらためたのだろう。

「ありがてえ。これだから信心は馬鹿にはできねえのだ。さっそく、ご利益がさずかっ

たじゃねえか」

藤吉はにやりと笑って、

「唐人踊りも、とうとう網に引っかかりやがったか」

2

三月十五日は山開き、弘法大師を供養し、この日から二十八日まで、一般に林泉を解放する。六月一日は富士祭り、その前日より、境内にきずいた富士山への登山を許す。

深川の富岡八幡宮は、一年を通じて、参詣人の絶えるときがないが、なんといっても八月の祭礼がもっとも賑わいを見せる。

八幡さまの祭りは八月の十五日さ。十四日は舟まつりといって、木場を舟で神輿が渡りやす。

山東京伝の〝古契三娼《こけいのさんしょう》〟に、そう記されている。

奉納の提灯がずらりと並んで、開帳札、寄席、浄瑠璃の札などが、いたるところに貼られている。

茶屋女の葦簾《よしず》のかげから呼びかける声、芸人のかけ声、参詣人のさんざめき……そのにぎやかさ、華やかさは、さすがに江戸一番の祭りと称されるだけのことはある。

境内のざわめきがひときわ高まると、

「かんかんのうだ」

「唐人踊りだ」

「かんかん踊りだ」

あちこちからそう声があがった。参詣の人々が一方にむかって、なだれるように押し寄せていく。

声のする方角に向かって、

「急げ、安」

藤吉は駈けだそうとした。

そのまえにスッとひとりの男が立ちはだかった。

武士だ。

歳のころは三十代なかば、小柄だが、がっしりとした体つきをしている。羽織なしの黒紋つき、袴の、こざっぱりとしたなりをしていた。

「おまえが茗荷谷の藤吉か」

と、その男は声をかけてきた。低い、感情の起伏を感じさせない声だ。

──なんだ、このさんぴんは。

藤吉は内心、舌打ちをしている。

「どうなのだ？　おまえが茗荷谷の藤吉か」

武士はかさねて尋ねてくる。

こうなれば、やむをえない。気はせくが、相手が武士とあれば、すげなくあしらうわけにもいかなかった。

藤吉はしょうことなしに腰をかがめ、

「へえ、たしかに、わたしは藤吉ですが、お武家様は、わたくしになにかご用がおありなのですか」

「唐人踊りを追うつもりなのか」

「………」

「どうした？　おれは唐人踊りを追うつもりなのかとそう訊《き》いているのだ」

「さあ、やぶからぼうに、そのようなことを問いつめられましても、返事のしようがございません。いくらお武家様でも、見ず知らずのお方に、御用のことをお話しするわけにはまいりません」

藤吉の口調、物腰はあくまでもいんぎんだが、子分の安三に、すばやく目くばせするのを忘れなかった。

安三は、二歩、三歩と後ろずさる。なにしろ相手は大小をたばさんだ武士なのだ。いきなり切りかかってでもこられたら、いくら修羅場を踏んできた藤吉でも、ふせぎがつかない。そのときには安三が、すぐに、ほかの子分たちを呼びに走ってくれるはずだ。

武士は、安三に、チラリと皮肉な視線を向けて、

「さすがに親分と呼ばれる男だけのことはある。口もかたいし、用心もいい。これは聞いたおれがうかつだったようだ」

「失礼でございますが、お武家様はどなた様でいらっしゃいますか」

「おれか。おれは弓師備後《ゆしびんご》という者だ。いかにも古くさい名で、われながら気がひける

が、掛け値なし、これが本名なのだからやむをえまい」

「ゆし、様とおっしゃるので」

藤吉は口のなかでその名の響きをころがした。たしかに、あまり耳にすることのない、めずらしい名だ。

「弓の師さ。弓削《ゆげ》重四郎という浪人者を知っておろう。その重四郎といささか関わりあいの者なのさ」

「弓削重四郎様の……」

藤吉はあらためて相手の顔を見た。

弓削重四郎は、芝神明町の裏店《うらだな》に住んで、おつかつ傘張り賃仕事で食いつないでいる、若い貧乏浪人だ。妙なことから、知り合いになって、それ以後、つきあいが絶えない。

「もっとも、重四郎のほうでは、おれの名など知らぬはずだ。ただ一度、顔をあわせたことがあるだけでな――」

弓師備後、と名乗った男は、フッと笑いをきざむと、

「おれのことなど、どうでもいい。重四郎にことづけを頼みたい。唐人踊りに気をつけ

ろ、唐人踊りは重四郎の敵なのだ――こう伝えてほしい」

「唐人踊りに気をつけろ、唐人踊りは重四郎様の敵なのだ……」

藤吉はそう復唱し、首をかしげると、

「はて、なにやら謎坊主の判じ物のようで、あっしにはとんと合点がいきませんが、そうお伝えすれば、重四郎様にはお分かりになりますので」

「いや、分からぬだろう。分からなくてよいのだ。とにかく、そう伝えてもらいたい。くれぐれも頼んだぞ」

備後はそうひとり決めに決めると、藤吉に背中を向けて、そのまま参詣人の雑踏のなかを立ち去っていった。

あっけにとられている藤吉に、安三がスッとすり寄ってきて、

「親分、思いだしました。間違いねえ。あいつ歯磨き売りの浪人ですぜ」

「歯磨き売り？」

藤吉は安三の顔を見た。

「居合抜きを見せて、歯磨きを売る大道芸人がおりましょう。あの野郎、両国広小路で、居合抜きを見せている浪人者に間違いありません」

「居合抜きの浪人？　おれは見たことがねえが」

「あっしは何度もあります。大小の三方を積みかさねて、そのうえに一本下駄で乗って、居合抜きを見せるんですがね。あれこれ口上をならべて、歯磨きを売りつけようという、安い商売ですよ」

「ふうん」

藤吉は首をかしげ、

「その居合抜きの浪人が重四郎さんと、どんな関わりがあるんだろう？」

そのとき――

かんかんのうきうのれんす　きうはきうれんす　きうはきうれんれん　さんちょならえ

思いがけない近さから、そう唐人踊りの歌声が聞こえてきて、参詣人たちが、またその方向にドッとなだれるように押し寄せていった。

藤吉はわれに返ると、

「あいつの詮議はあとだ。いまはなにしろ唐人踊りをふんづかまえるのが先だ。安、抜かるんじゃねえぜ」

そう叫ぶと、かんかんのうの歌声に向かって、走っていった。

さァいィほう　にいくわんさん　いんぴいたいたい　やんあァろ　めんこんはほう
てにくわんさん

3

神楽太鼓の音が遠くに響いて、そこかしこに幟《のぼり》がはためく。

八月十五日は、八幡宮の祭礼日。この日は、富岡八幡宮を始め、江戸に最も多いといわれる八幡宮が、ことごとく祭りを催す。

祭りの熱気が、夜に持ちこされ、そのまま十五夜のお月見になる。三宝に、月見だんご、柿、栗、ぶどう、枝豆、里芋の衣かつぎを盛り、ススキや、女郎花《おみなえし》をそなえて、十五夜の満月を愛《め》でる。

裏店《うらだな》の、月を愛でる物干しのない貧乏長屋でも、真似ごとに、月見だんごや枝豆ぐらいは用意し、路地に出て、これは卑賤のべつなしに、あまねく、きらめく満月を楽しむ。

ここ——

芝神明町の棟割長屋でも、せまい路地から空き地に出て、満月をあおぐ人々の姿が、そこかしこに見うけられた。

そこに、ひとりの女が通りかかり、人々のそんな姿につられたように、ふと、自分も空をあおいだ。

髪を無造作に櫛巻きにし、小紋の着物に、縦縞の半纏をはおっている。その手に白いススキを下げていた。月の光にほんのり浮かんだその姿が、なんともいえず粋で、あだっぽい。

歳のころは、まず二十二、三、ふるいつきたいほどいい中年増だ。

「きれいなお月さま」

そうつぶやいた声が鈴を振るように澄んでいた。

この女はおふみ、文字若の名で、芝口新町で、常磐津《ときわず》の師匠をしている。

長屋の入り口、町木戸ぎわに、髪結床《かみゆいどこ》がある。

その髪結床のまえに一挺の駕籠《かご》がとまっている。

四つ手駕籠ではなく、裕福な商人などが乗るあんぽつ駕籠だ。こんな貧乏長屋には、いかにも似つかわしくない駕籠だった。

ふたりの駕籠かきが、なんとなく所在なげな顔をして、その横にたたずんでいた。

けげんな顔つきをして、そのまえを通りすぎようとしたおふみに、

「もし、お待ちくださ い」

そう駕籠のなかから声がかかった。

駕籠かきがあわてて草履をそろえる。若い女が垂簾《たれ》をあげて出てきた。

――まあ、きれいなお嬢さん。

おふみは内心そう声をあげている。

きれいに結いあげた銀杏がえしに、ぴらぴら簪《かんざし》、あざやかに紅葉を染めあげた着物に、しごきの帯どめ。まだようやく肩揚げがとれたばかりの、初々《ういうい》しい娘だった。

「お呼びとめして申し訳ありません」

と、少女はそういい、

「わたくしは上野で鉄物《かなもの》をいとなんでいる菊村の娘で、お節と申します」

「菊村のお嬢さん……」

おふみは驚いた。菊村といえば、江戸で名だかい大店だ。その娘がこんな貧乏長屋に出入りするのはおかしい。

「こんなことをお聞きして、どうかお気を悪くなさらないでください。もしかしたら、あなたは、常磐津のお師匠《ししょ》さんの文字若さんではありませんか」

「はい、たしかに、わたしは文字若ですが、おどろいた、どうして菊村のお嬢さんともあろうお方が、わたしなんかの名をご存知なんですか」

「やっぱり。きれいな方とうかがっていましたから、もしかして、と思って、声をかけさせていただいたのですが――」

お節はちょっと迷ったようだが、意を決したように、

「こんなことをお聞きして、なんて無礼な娘だとお腹だちになるかもしれませんが、文字若さんは、弓削重四郎様のおかみさんになられるのですか」

「重四郎さんの……」

おふみはつぶやいた。その顔がサッと赤く染まった。

「そんな、おかみさんだなんて。重四郎さんはあんな人だから、放っておくと、縦のものを横にもしない。見るにみかねて、煮豆だのお惣菜だの持っていくことはありますが、これはいってみれば、わたしのお節介。からめ手に攻めて、おかみさんにしてもらおうなどと、そんなあつかましいことは考えていませんのさ」

おふみがすこし口ごもったのは、重四郎と口づけをかわしたときのことを思いだしたからだった。もっとも、重四郎はそのときにも、それ以降にも、それ以上のことは何もしなかったのだが。

お節はそんなおふみの表情をジッと見つめていたが、

「文字若さんは重四郎さんのことがお好きなんですね」

そうつぶやいた。

利口な娘だ。どうやら、おふみの本心を見抜いたらしい。

そのとき、ふと、おふみは思いだしたことがあった。

風の噂に聞いたのだが、どこか大店の娘が、重四郎に惚れ込んで、長屋に通いつめているらしい。なんでも、その娘は、寛永寺の大火のとき、観音様のご利益で命を助けられ、その観音様から、重四郎と夫婦になれ、と告げられたという。

そのことを当の重四郎に尋ねたこともあったのだが、なんとはなしに、はぐらかされたし、

——そんな馬鹿な話があるもんか。

おふみ自身も信じる気になれず、これまでほとんど気にもとめなかった。

「もしかしたら、観音様に助けられた娘さんというのは、お嬢さんのことじゃないんですか」

おふみがそう尋ねると、お節はきっと唇を嚙んで、

「もういいんです。文字若さんという方がいらっしゃるのに、わたしなんかのしゃしゃり出る幕じゃありません。しょせんは、わたしがわがままだったんです。文字若さんのお顔を見て、わたしは、すっぱり、あきらめる決心がつきました。だって、わたしなんかがかなう相手じゃありませんもの。文字若さんのような方と、添いとげられたほうが、きっと重四郎さんもお幸せだと思います」

「よしてくださいよ、お嬢さん。出る幕じゃないだの、あきらめるだの、そんなこと、ひとりで決められたんじゃ、わたしの立つ瀬がない」

おふみはカッと頭に血がのぼるのを感じた。

「くどくもいうように、わたしは、重四郎さんとはなんの関わりもありませんのさ。それを、いくら菊村のお嬢さんだって、ひとり飲み込み顔で、あきらめられたり、身を引かれたりされたんじゃ、わたしの女がたちませんよ。よしんば、わたしが重四郎さんに思いを寄せていたって、それはお嬢さんの知ったことじゃない。わたしはごらんのとおりの女、菊村のお嬢さんが相手じゃ、わたしのほうが身を引くのが筋じゃありませんか」

「何をおっしゃいます。文字若さんというれっきとした方がいらっしゃるのに、どうして家の身代をかさにきて、横車を押すような、そんなやぼができましょう。そんなことをしたんじゃ、それこそ、わたしの女がたちません」

「なにをいいやがる。小便くさい小娘がいっちょまえの口をきくんじゃねえや。はばかりながら、このおふみさんは、これまで女ひとりで世間を渡ってきたんだ。おまえみたいな小娘の情けを受けるもんか」

「そちらこそ何をいいやがる。世間知らずの小娘とみて甘くみるんじゃねえや。おれにも女の意地があらあ。人の持ち物なんか、ちゃんちゃらおかしくて、頼まれたって、もらってやるもんか」

ふたりとも江戸の女で、いざとなれば気が強いし、口も悪い。ふたりながら、美しい眉をきりりと逆だてて、たがいに、きっとにらみあった。

そこに、

「やあ、これはおふみさん」

そう声がかかった。

弓削重四郎だ。いつも明るい顔をしている若者だが、今夜は、いつにも増して脳天気な表情をしている。すこし酔っているらしい。片手に貧乏どっくりを下げ、襟に、ススキをさしている。

「そこの縄暖簾で、番太の善助とっつあんと一杯やってきた。軽くやるつもりが、十五夜だ、つい飲みすぎたやつさ」

重四郎は笑いながら、おふみに近づいてきた。足もとがふらふらと覚つかない。

そこで、ようやく、お節の姿に気がついたらしい。おふみとお節が一緒にいることに、ちょっと戸惑ったようだ。

こまったような顔になり、

「これは、菊村のお嬢さん、いくら十五夜だからといって、若い娘が、ひとりで夜歩きは感心しませんな。さぞかし親ごさんも心配なさるだろう。こんなことはもうおやめになったほうがよろしかろう」

お節はつんとした顔になり、

「いわれるまでもありません。もう、重四郎さんのおじゃまはいたしません。なにさ、いけすかない。お父っつあんや、お母《つか》さんでもあるまいし、そんな口をきかれる覚えはございません。お騒がせをして、とんだ、ご迷惑をおかけしました」

そう突っかかるようにいった。

重四郎は、お節のその剣幕に、目をパチクリと瞬かせ、

「はて、なにか、わたしがお気にさわるようなことでもいいましたかな？」

そこへ、今度は、おふみが腹にすえかねたとでもいうように、

「なにをいいやあがる、このもも〈いいい〉んがあ。古い小豆じゃあるまいし、大体、おまえさんが煮えきらないから、こんなことになるんじゃないか。色男ぶりやがって、女を天秤にかける玉か。てめえのつらをよく鏡でみやがれってんだ」

そう叫んで、手に持っていたスキを、重四郎にたたきつけた。そして、草履で土埃をかきたてるようにして、プンプンと立ち去っていった。

あっけにとられている重四郎を尻目に、お節はさっさと駕籠に乗り込んで、

「駕籠屋さん、やっておくれ」

そうかんだかい声を張りあげた。

駕籠かきたちは、あわてて梶棒をかつぎあげる。

その先棒の男がにやりと笑って、

「旦那、ひどく器量を下げなすったね」

へ、ホ、へ、ホ、と男たちのかけ声も軽やかに、駕籠は、消えていった。

あとにはただ憮然として、重四郎ひとりがとり残された。

「おれがなにをやったというんだ？」

そうつぶやいた声が、いかにも情けなさそうだ。

そのとき、ふいに木戸のかげから声が聞こえてきた。

「重四郎さん、こんな時刻に申し訳ねえが、ちょっと、お話ししたいことがあるんですがねえ」

「………」

重四郎は闇のなかに視線を凝らした。

闇のなかにぼんやりと男の影が浮かんでいる。月の光をあびて、その影がひどく青ざめたものに見えた。

「藤吉親分じゃないか。そんなところで何をしているんだ。ご存知のようなあばら家だが、遠慮はいらねえ、酒もある、まずは入ってくんねえ」

「いえ、それがちょっとこみいった話がありますんで」

藤吉は首を振った。

「ご足労ですが、ちょっと、そこまで体を運んじゃいただけませんか」

4

芝は板倉神明宮が名だかい。

京橋より南では、もっとも繁盛した土地柄で、神明町前から日影町にかけては、浅草観音前につぐ賑わいと称された。

とりわけ九月十一日から、九月下旬にかけての神明のだらだら祭りは有名で、連日、見せ物、曲馬、力持ちなどの興行が出て、大勢の参詣人が押し寄せる。

十五夜のこの夜も、境内のいたるところ月を愛でる人たちの散策する姿が見うけられたが、さすがにそれも、ちょっと参道をはなれると、人影がまばらになる。

ましてや、参道をはなれた奥深く、いったん林のなかに踏み込むと、そこは深山幽谷のよう、ただもうしんと静まりかえっているばかり。

そんな林のなか、枝から洩れる月影を踏んで、藤吉は、ひたひたと歩いていく。

一言も口をきこうとしない。

たしかに本人に間違いはないのだが、その陰気に背をかがめた姿が、なんとはなしに、いつもの闊達で実直な藤吉とは、別人のように感じられる。

重四郎はそのことが不審だ。その不審に耐えきれず、

「どうしたんだ、親分。どこまで行けばいいんだえ」

つい、そう声をかけた。

藤吉はピタリと足をとめる。

重四郎に背を向けたまま、こちらを振り返ろうとはしない。その上半身がわずかに揺れているのが、なんとはなしに、不気味なものに感じられた。

「……………」

藤吉はそのまま黙り込んでいる。あいかわらず背中を向けたままだ。こんなことは、いつもの気風《きっぷ》がよく、歯切れのいい藤吉からは、考えられないことだ。

「親分、十五夜を楽しむなら、ここは場所が悪かろう。こんなところじゃ、ろくにお月様はおがめねえぜ」

重四郎は辛抱のいい若者だが、藤吉がいつまでも話を切りださないのに、さすがに、いささか焦《じ》れてきた。秋の夜風は冷たく、酔いの覚めた体が冷えてもきている。

「重四郎さん――」

藤吉は背中を向けたまま、そう声をかけてきて、

「あっしは知らなかったが、重四郎さんはなんでも大変なお人なんだそうですね」

「大変なお人？　はて、なんのことだ」

「とぼけちゃいけねえ。重四郎さんは、もともと御手先組御弓組の同心のお家柄だそうじゃねえですか。なんでも本郷弓町に屋敷をいただいて、大変な羽振りだったと聞きましたぜ」

「何だ、そんなことか。まえにもそんな話をしたことがあったっけな。たしかに、わたしの先祖は、御手先組の同心だったらしいが、いまはごらんのとおり、尾羽うちからし

た瘦せ浪人さね。それをいまさら、大変なお人だなどと持ちあげられたんじゃ、尻がこそばゆくていけねえ」

「とぼけちゃいけねえ」

と、藤吉はそう繰り返し、

「寛永寺が焼けなければ、たしかに、重四郎さんはただの瘦せ浪人。だが、寛永寺があんなことになったんじゃ、重四郎さんもご自分の御用に戻らなければならないんじゃありませんかえ」

「御用？　何のことだ。おれは手間賃二百貫の奴傘《やつこがさ》を張って、おつかつ毎日をしのいでいる浪人者だよ。旗本でもなければ、御家人でもねえ。そんなわたしにどんな御用があるものか」

「重四郎さんはご自分の素性をご存知ねえようだ。だが、寛永寺があなったんじゃ、いずれ、自分が何者なんだか、それに気づかずにはいられねえ」

「なんだなあ、親分らしくもねえ。妙に持ってまわった言い方をするじゃねえか」

重四郎は眉をひそめて、

「さっきから、寛永寺がどうのこうの、なにやら勿体ぶった口をきいているが、とんと唐人の寝言で、わけが分からねえ。寛永寺が焼けたから、いったい、それがどうしたというんだえ」

「だからさ。寛永寺が焼けたんだから、いずれ、重四郎さんはご自分の御用に気づくことになる。そうなったんじゃ、困るというお人がいるんでさあ。どうせのことに、重四郎さんには、このまま傘張り浪人のままでいてもらいてえ。それがかなわぬなら、いっそ、この世から消えてもらいてえ」

「妙なことをいうぜ」

重四郎は目を瞬かせた。

「それはどういうことなんだ」

「こういうことさ」

藤吉はくるりと振り返った。その手に匕首《あいくち》を握っている。腹のまえに、両手で匕首をかまえ、そのまま突っ込んできた。

「死にやがれ」

藤吉は叫んだ。

あまりに思いがけないことで、重四郎はいつもの敏捷さを失っていた。藤吉が自分を殺そうとしている。とっさにその判断がつかなかった。混乱していた。そんなことがあるはずがない。そう思う心が、重四郎をその場に釘付けにし、なすすべもなく、ただ呆然と棒立ちにさせた。

藤吉の突きはするどかった。体ごと重四郎にぶつかってくる。そのままなら重四郎は腹をえぐられて死んでいたはずだ。

ぴかり

刀尖がひらめいた。横から伸びてきた剣が匕首を撥ねあげる。すかさず刀身を返し、たたらを踏んだ藤吉の首筋に、峰打ちをたたき込んだ。藤吉はそのままつんのめり、頭から地面に沈んだ。ううむ、とうめき声をあげ、動かなくなった。

チン、と鍔鳴りの音が響いた。一旋させた剣が、ふたたび鞘におさまっている。目にもとまらぬ見事な居合抜きだった。

羽織なしの、黒紋つき、浪人とも御家人ともつかない武士だ。尋常な遣い手ではない。闇のなかを忍びよってきて、すこしも、その気配を感じさせなかった。

「おめえさんは……」

重四郎は立ちすくんだ。

「しばらくだったな、弓削重四郎」

と、その男は笑った。

「この岡っ引はな、術にかけられているのだ。人を思いのままにあやつる、めくらましのような術さ。目を覚ましたときには、自分があんたを殺そうとしたことなど、すこしも覚えていないだろうさ」

「………」

重四郎はただ呆然として、相手の顔をまじまじと見つめるばかりだ。

この男には、一度、夕立の夜に、襲われたことがある。得体の知れない武士で、そのときにも、重四郎を傷つける気はなく、どうやら、そのうでを見とどけるのが狙いだったらしい。

「おめえさん、何者なんだ。いつも妙なときに現れる。命を助けられた礼は礼として、わけも分からずに、つきまとわれるのは気分が悪い」

「おれの名は弓師備後、あんたと同じ、もともとは御手先組御弓組の同心さ」

男はにやりと笑って、

「この岡っ引、術をかけられた相手からいろんなことを聞いたらしい。寛永寺が焼けたから、おれたち御弓組の御用ができたというのは、こいつは掛け値なし、ほんとうのことなのさ」

5

真夜中九つ（十二時）。

ここは富岡八幡宮から東二町ほどへだてた三十三間堂――

寛永年間、弓術稽古のため、京都蓮華王院を模し、浅草に、三十三間堂が創立されたが、元禄十一年、これが焼失してしまった。そのため、新たにこの地が選ばれ、ふたたび三十三間堂が建立された。

こんな夜中、弓師備後が、芝神明から三十三間堂まで、わざわざ重四郎を誘いだしたのは、

「ここがわれら御手先組御弓組にゆかりの深い場所だからさ」

と、いうことらしい。

月の光が、しらじらと三十三間堂のいらかの屋根、寄せ木に映え、昼間とみまがわんばかりに明るい。

そんな月の光に、ふたりの影がくっきり地面に落ちていた。

「どうだ、ここでこうしていると弓弦の響きが聞こえてくるような気がせぬか」

「いっこうに」

重四郎はにべもない。

「寛永寺が焼けてから、やけに、おれのまわりが騒がしい。伏鐘《ふせがね》を娘にかぶせての、観音様のお告げを聞かせての、だれかが持ってまわった手段をつかって、おれの居所を探しあてようとした。おめえさんは、おめえさんで、かわいそうに、傘張り浪人を何人も斬り捨てて、これもまた、おれのことを探していたらしい」

「………」

「解せねえよ。系図買いでもあるめえし、先祖が御弓組同心だからって、それが何だというんだえ？　先祖が御弓組同心で、いまは禄をはなれて、浪人暮らしをしている境涯の者は、江戸にはいくらもいるだろうに」

「いくらもいる」

　備後はうなずいて、

「だが、おれや、おぬしのような力のある者は、ほかにはおらぬ」

「ほう、こいつはおもしれえ。おれやあんたにどんな力があるというんだえ」

「寛永二年、寛永寺が建立されてのち、御弓組は、本郷から目白台に組屋敷を移した。もはや本郷に組屋敷を持つ必要がなくなったからさ。はやくいえばお役御免だ。われらは御譜代席で、一子相続が決まりであったらしいが、それもお役不要となれば、一代かぎりの御抱席あつかい。いつしか御弓組同心の分限が売買されるようになり、われらは四散することになった」

「めずらしくもねえ。御家人はおろか、旗本の分限だって、売り買いされるご時世だ。御弓組同心といったところで、たかの知れた三十俵二人扶持、いずれ札差に首根っこを押さえられ、身動きならなくなるのが道理だろうじゃねえか」

「それはそうだ」

　と、備後はうなずき、

「しかし、弓組同心のなかでも、弓師と、弓削、この二家だけは、あくまでも一子相続をつらぬいて、お家をまもるべきだった。たしかに寛永寺が建立され、われらが二家のほまれは損なわれることになったろう。が、だからといって、弓師と、弓削、この二家のそもそものお役目を忘れることなどあってはならぬことだった。ましてや、同心株を売りはらい、家をつぶすなど、もってのほかというべきだ」

「なにもそんなに重っくれることはねえ。弓削がどんな家柄かは知らねえが、昔はともかく、いまのおれは手間賃二百貫文の傘張り浪人さね」

「それをいうなら、このおれも、これがすなわち鞍馬相伝、大太刀を鞘におさめて人の歯を、抜く手も見せぬ業の鍛練——口中療治《こうちゅうりょうじ》、歯磨き売りの居合抜きさ」

「ほう、おめえさんは居合抜きか。そいつは傘張りよりは気がきいていそうだ。どうだい、歯磨きは売れたかえ」

売れなかったよ、と備後はにべもなくそういい、

「いずれにせよ、寛永寺が焼けたとあっては、われら両名、本来のお役目に戻ることになる。居合抜きも、傘張りも、もう店じまいにせねばなるまいよ」

「分からねえな。藤吉親分もそんなことをいってたようだが、寛永寺が焼けたからなんだというんだ?」

「そもそも御弓組のお役目は、江戸城の鬼門にあたる本郷に、組屋敷をいただいて、与力、同心六組が、日々、的を射て、これを魔除けの術とすることにあった。なかでも、われら弓師、弓削の両家は、万が一、〝魔〟が御府内をおかしたときには、一命をもって、これを取りのぞくお役目をうけたまわっていたのだ」

「……………」

「だが、それもかの天海僧正が、江戸城の鬼門にあたる上野に、幕府の祈願寺である寛永寺を建立するまでのことだった。そもそも寛永寺は〝魔〟が御府内をおかすのをふせぐ魔封じのための寺院であったのさ。魔封じの寛永寺が建立されたとあっては、われら御弓組の魔除けの術も無用のものとなり、その組屋敷も本郷から目白に移されることとあいなった。年月をへるにつれ、いつしか御弓組本来のお役目は失われ、与力、同心も、一子相続の法度《はっと》を忘れて、その御家人株を売買するまでに、堕落した。寛永寺が〝魔〟を封じているかぎりは、それでも何のさわりもなかったのだが――」

「その寛永寺が焼けてしまった。〝魔〟を封じるものがなくなってしまった。それで、またぞろ、おれたち御弓組同心の血を引く者の出番になったと、おめえさん、そういいなさるのか」

「いかにも」

備後は重々しくうなずいて、

「寛永寺が焼けたのをいいことに、〃魔〃が御府内に侵入してきた。いまの御弓組は名ばかり、せめてものことに、われら弓師、弓削両家の者が、力をあわせ、これを取りのぞくしかあるまい」

「人が本気で聞いていれば、とんでもねえ空鉄砲《から》を撃ちやがる。備後さん、あんた、まさか本気でそんなことを信じているわけじゃあるまい」

重四郎は笑いだした。

「本気もなにも」

備後はふと空を仰いで、

「いまも、その〃魔〃がわれらを押しつつんでいる。われらを滅ぼそうとしているではないか。おぬしはそのことに気づかぬか」

「………」

重四郎は眉をひそめた。

ふいに闇が異様な緊迫感をともなって押し寄せてきたように感じられた。ひしひしと異様な気配が満ちてくる。十五夜のまばゆい月の光が、一転して、まがまがしい殺気をおびたようだ。

「これはいかん。すっかり囲まれた。どうやら命がけで逃げる算段をしなければならなくなったようだ」

備後はそういい、脇差一振りを腰にぶち込んだだけの重四郎を、心もとなげに見て、

「そんなもので防ぎのつく相手ではなさそうだ。おぬし、ここは何としても逃げに逃げることだ」

6

闇のなかにボッと明かりがともった。ゆらりと揺れた。三つ、四つ、明かりは点々と増えていき、どの灯もゆらゆら揺れた。揺れながら、しだいに近づいてきた。

「来るぞ」

備後がわずかに腰を落とした。右足をまえに踏み込んで、左足を引いた。体から力を抜いて、右手をふわりと軽く剣の柄に置く。居合抜きのかまえだ。

——ほう。

重四郎は胸のなかで、感嘆の声をあげていた。

それだけを見ても、この備後という男が、並々ならない遣い手であることが知れる。重四郎の我流の剣とは比べものにならない。血を吐く修行をかさねて、ようやく習得したものにちがいない。

これだけの遣い手が、居合抜きの業では、口を糊することができず、口中療治、歯磨き売りに身を落としていたのだ。

——こいつは大したもんだぜ。

もっとも、重四郎も自分でも気がつかずに、ふわりと全身から力を抜き、どんな場合にも、対処できるような体勢をとっている。人は、危機にのぞんで、どうしてもむやみに体に力を入れがちになる。それが自然な動きをはばんで、十の力が、六にも、五にも減じてしまうことになる。

危機にのぞんで、自然体をとれる、ということが、すなわち剣法の奥義ともいえるかもしれない。だれに学んだわけでもなく、それを自然に会得している重四郎は、やはり並みたいていの若者ではないようだ。

重四郎は緊張している。が、その緊張は、この若者のかまえにも、その声にもあらわれていなかった。

「なあ、備後さん、教えてやっちゃくれねえか」

そう備後にかけた声も、いつもながらに明るくのびやかなものだった。

「その〝魔〟とやらはどんなものなんだ。人か、もののけか？　どうして、そんな〝魔〟が御府内にやって来ようとする？　いや、そもそも、その〝魔〟は、それまで、どこにひそんでいやがるんだえ」

このとき、じつは重四郎は、この世のことわり、万物のなりたちの、その核心とでもいうべき疑問を投げかけたのだが、自分ではそのことに気がついていなかった。

「おれにも分からぬ。おそらく、だれにも分からぬだろう。〝魔〟はどこからでも御府内に侵入してこようとする。ことあれば江戸の太平をうち崩そうとする――」

備後は闇のなかに近づいてくる灯に視線を向けながら、

「もっとも、なかには太平の世を好まぬ者もいる。ことあれかしと願い、〝魔〟が侵入してくるのを望む者もおらぬではない。そんなやからは〝魔〟にしたがう。〝魔〟の力を身につける。われわれはそんな奴らとも闘わなければならぬのさ」

「……」

重四郎はお登久という女と戦ったときのことを思いだしている。

菊村に奉公していた女中で、寛永寺が焼けたとき、たまたま稽古事で外出していたお節のお供をしていた。お節は、火事に巻きこまれ、危うく一命を落とすところを、ふしぎにも上野山中から飛んできた時鐘に、その身を助けられた。

菊村の人間は、それを観音様のご利益だと一途に信じ込んでいるようだが、そんなことがあろうはずがなく、それは女中のお登久のしわざだったらしい。

お登久という女、幻術《めくらまし》まがいの妙な術を使い、閉ざされた場所を、自由にすり抜け、行き来ができるらしい。お節を伏鐘にとじ込めたのも、その術を使ったからであるようだし、重四郎自身、その術にまどわされ、危うく一命を落としかねないところだった。

ほんとうは、お登久が何者で、なんのために、お節を伏鐘にとじこめるようなことをしたのか、それを確かめたかった。

しかし、あまりに相手が奇妙な術を使うのに眩惑され、これをふせいで、倒すのが、やっとだった。

結局、お登久がどこの何者で、なんのために、あんな回りくどいことをしなければならなかったのか、そのことは分からずじまいに終わっている。

――もしかしたら、あのお登久という女も、〝魔〟とやらに仕え、その力をさずかったひとりだったのではあるまいか。

そう考えると、おのずから身の引きしまるのを覚える。

あのお登久という女、ひとりだけでも、てこずらされ、捕えて詮議するつもりが、倒すことになってしまったのだ。その一事をもってしても、〝魔〟に仕える人間の並々ならない力がうかがえる。

それが今回は、闇にともった明かりの数だけでも、優に十をこえる。敵が十人以上であることは間違いない。

それだけの人数を相手にし、これをしのいで、逃げなければならないのだから、なるほど、これは備後のいうように、ひたすら逃げるのに徹しなければならないだろう。

これだけの強敵を迎え撃つのでは、備後にも、重四郎を助けるだけの余裕はあるまい。

いや、重四郎を探すため、府内の傘張り浪人を片っぱしから斬ってまわったことからも分かるように、備後には、天性、冷酷なところがあるらしい。

とりあえずは味方のような顔つきをしているが、いざとなれば、平然と、重四郎を見捨てるに違いない。それどころか、重四郎を捨て駒にして、自分の身を助けるぐらいのことは、やりかねない男だった。

——こいつは、いよいよ、おれも危ねえかな。

重四郎はそう覚悟をさだめた。

はるか三十三間堂の闇のなか、ゆらゆらと灯明が近づいてきた。

灯が近づいてくるにつれ、妙なことに、太鼓を鳴らす音、弦をかなでる調べが、聞こえてきたのだ。そのはやしが、しだいに大きくなり、やがて、闇のなかにどっと歌声が湧きおこった。

かんかんのうきうのれんす　きうはきうれんす　きうはきうれんれん　さんちょならえ

7

重四郎は逃げに逃げた。

右に左に、軽捷な剣をふるい、ときには跳び、ときには身を伏せ、しゃにむに逃走をはかった。

しかし、どこまで逃げても、唐人踊りの男たちは追ってくる。どんなに剣をふるっても、唐人踊りの男たちを、ただのひとりも倒すことができない。

男たちはいずれもきらびやかな唐人の服装をしている。太鼓や、蛇皮線、胡弓、鉄鼓などをにぎやかにかき鳴らしながら、飛んだり、跳ねたり、異様な身ぶりで踊りつづけている。何人かで列をなし、くねくねと蛇踊《じゃおどり》をしながら、どこまでも執拗に、重四郎を追ってくるのだ。

その異様な舞いが、重四郎の剣尖を狂わせる。これもまた幻術なのかもしれない。どんなに薙《な》ぎ、突き、払っても、相手の体にかすり傷ひとつ負わせることができない。

こんなとらえどころのない敵はいない。霧か煙りを相手にするようなものだ。

しかも、あの奇妙なはやし歌が、いつも耳もとに響いて、それがついにとぎれることがない。目がくらんで、耳が鳴り、いつしか正常な判断ができなくなってしまう。

いんぴいたいたい　やんあァろ　めんこんほほうてにくわんさん　もえもんとはい
い　ぴいはうはう

重四郎は無我夢中で剣をふるっている。

いや、自分では剣をふるっているつもりでも、実際には、ただしゃにむに剣を振りまわし、よろよろと覚つかない足で走っているだけなのかもしれない。身心がひどく消耗し、冷静な判断力をうしなって、いつもの半分も力を出しきれずにいた。

なにか夢のなかで剣をふるっているかのようだ。はやしが奏でられ、奇妙な歌声がつづき、唐人服のきらびやかな色彩が舞う。それだけが確かな現実で、ほかのものはすべて、ただ、ふわふわと漂っているだけなのだ。緊迫感がまるでない。それでいながら、体力だけは確実に削《そ》がれていく。綿を嚙んででもいるような頼りない戦いだった。

気がついてみると、波の響きが聞こえていた。

どうやら、いつのまにか砂村まで逃げてきたらしい。

三十三間堂の東方、富岡八幡宮の旧地にあり、はるか海に面して、のびやかに海岸が拡がる。

月の光がきらきらと波頭に砕け、さながら黄金色の大魚が、そのうろこをきらめかせているようにも見える。

海からの風が浜に茂る松をさやさやと鳴らしていた。

重四郎は自分がどこをどうやって砂村の浜まで逃げてきたのか覚えがない。気がついてみたら、海を背にして、砂のうえに立ちつくしていた。

もちろん、弓師備後の姿は、とっくにどこかに消えてしまっている。あれだけの居合抜きのうでを持っている男だ。なんとか逃げのびることができたのだろう。

砂浜に、四つ、五つ、と灯明がともる。唐人踊りの男たちが押し寄せてくる。

さんちょならえ　さァいィほう　にいくわんさん　いんぴいたいたい　やんあァろ

ふいに闇のなかに竜の姿が浮かんだ。赤い口に、白い牙。緑の胴に、銀色のうろこをきらめかせた竜だ。

——こいつは驚いた。

さすがに重四郎は唖然とさせられた。

こんなものが登場して来ようとは夢にも考えていなかった。

もちろん本物の竜ではない。そんなはずがない。木綿の造り物の竜を、きらびやかに彩色し、それを棒で、あやつる。唐人踊りの余興のひとつだ。

竜は、じつに、十五間余（およそ三十メートル）もの長さがあり、唐人踊りの男たちは、これをさながら生きているかのように、巧みにうねらせる。

そんな竜が身をくねらせ、砂浜を越え、空に伸びあがって、うねうねと近づいてくるのだ。造り物とは分かっていても、とてもそうとは思えないほどの、迫真の姿だった。

造り物の竜？　いや、これが造り物だとはとうてい信じられない。造り物の竜がこんなに生々しくていいものか。

竜はらんと目を光らせている。その顎をカッと開いて、真っ赤な口に、剣を植え込んだような牙を覗かせている。ぐわあっ、と咆哮をとどろかした。

キラキラと光る珠が飛ぶ。水晶のような珠だ。この珠もやはり棒であやつっているのだろうが、どんなに視線を凝らしても、ただ珠がそれだけ飛んでいるとしか見えない。

——こいつは妙だ。

竜は身をくねらせながら、懸命に、その珠を追う。その珠の輝き、竜のあざやかな動きを見ているうちに、しだいに自分の意識が、どこか深い淵のなかにでも引きずり込まれていくかのように感じる。自分というものがしだいに消えていってしまうのだ。

――ははあ、藤吉親分もこいつにやられたんだな。めくらましだ。これで、いつのまにか、いいように相手のいいなりになってしまうわけか。

重四郎は、ともすれば消えそうになってしまう意識を、懸命に自分のもとに引き寄せている。

おそらく、意識をうしなったときが、重四郎の最後であるだろう。それが分かっていながら、しかし、重四郎はこの幻妙なめくらましに抗して、自分の意識をたもつだけの自信は、まるでなかった。

――ままよ。駄目なら、くたばってしまうだけのことじゃねえか。

こんな場合に、重四郎は、不敵な笑いを浮かべている。

脇差をスッと上段にかまえる。そして、竜がせまってくるのを、待った。

大江戸天文台

1

洲崎弁天から東に十八丁あまり。

ここに、春の汐干狩り、冬の千鳥で名高い砂村がある。

いまは旧暦八月、十五夜の月が皓々《こうこう》と輝いて、砂浜に押しよせる波を、銀色にきらめかせる。

もっとも、月見を楽しむ人々は、もっぱら深川八幡から洲崎弁天にかけて、東にひろがる海岸を散策し、この砂村まで足をのばす者は、ほとんどいない。

月の光がしらじらと冴えるなか、ただ、寄せては返す波の音が、はるか夜空に響くばかりだ。

そんな砂村に奇妙な一群が現れた。

かんかんのうきうのれんす　きうはきうれんす　きうはきうれんれん　さんちょならえ　さァいィほう　にいくわんさん

かんかん踊りだ。

更紗《さらさ》の唐人服を着た男たちが十数人、なんとも奇妙な唱歌を歌いながら、跳んだり、はねたりしながら、身ぶりもおかしく、踊りをおどっている。

囃子方《はやしかた》は四人、あるいは象皮の太鼓、鉄鼓をうち鳴らし、あるいは蛇皮線、竹の胡弓をかなでながら、これも酔ったように、右に、左に跳ねている。

祭礼の場で見れば、なんでもないかんかん踊りが、この人気《ひとけ》のない砂浜を背景にすると、一種異様な、この世のものとは思われぬ集団のように感じられる。

もともと、かんかん踊りは深川八幡宮鳥居まえや葺屋町、回向院の境内などで興行されることが多い。洲崎弁天は、深川八幡宮の地所内にあるから、その地続きの砂村に、かんかん踊りが現れたとしても、そんなに異とするには当たらないかもしれない。

しかし、いま、ここで舞っている連中は、江戸で人気の唐人踊りの一座とは違うかんかん踊りなのだ。

どこからともなく現れ、どこへともなく去っていく。その正体はだれも知らない。しかも、このかんかん踊りが去ったあと、老若男女、かならず何人かの人間が行方不明になってしまう。たんなる誘拐と考えるには、あまりにその人数が多すぎるし、その後、行方知れずになった者の家族に、なんの連絡もないのもおかしい。

あまりに突拍子もないことで、まだ江戸の人たちは、このかんかん踊りと、行方知れずになった人たちとの関連に気がついてはいないようだが、いずれは噂にならざるをえないだろう。

そうなってからでは遅い。奉行所の面目にかけてもと、町方同心たちが、それぞれ手飼いの岡っ引を町に放っているのだが、いまだに探索のめどがつかない。

いくら江戸が広いからといって、十五人もの人数を擁するかんかん踊りだ。これだけの人数が、探索になれた岡っ引たちの目をくらますのは容易なことではないはずだが、懸命の探索にもかかわらず、いっかな、そのねぐらを突きとめることができない。

こんな奇妙な話はない。このかんかん踊りの男たちは、魔術でもこころえているのではないか、そう思われるほどだ。

いや、現実に、この連中は、めくらましの術を使うらしい。

現に、いま、脇差しを抜いて、かんかん踊りと対峙している重四郎が、

——こいつら、妙なわざを使いやがる。

そのめくらましの術に苦しめられているのだ。


めんこんほほうでにくわんさん　もえもんとは　いい　ぴいはうはう

かんかんのうの意味不明な歌を聞いているうちに、いつしか意識がぼんやりかすんでいくのを覚える。

声が、べつの声に溶け、さらには、それがまたべつの声に溶け込んで、呪文めいたふしぎな響きを帯びる。その呪文が奇妙な催眠効果をもたらし、意識がゆらゆらと体の外に滲んでいく。

たんに、かんかんのうの歌が、意識をあいまいにするだけではない。かんかん踊りの男たちは、三十メートルほどの木綿の竜を、何本もの棒であやつり、それをくねくねと自在に動かしている。蛇踊《じゃおど》りだ。

水晶のような珠が、やはり長い棒にあやつられ、空をかすめるようにし、飛びまわっている。どうやら竜はその珠を追っているらしい。

竜に追われ、空を飛びまわるうちに、月の光をあびて、いよいよ珠は、きらきらと輝きを増す。

その珠の輝きに視力を奪われ、かんかんのうのふしぎな歌声に聴力を奪われ、重四郎はほとんど何も考えることができずにいる。でくのぼうも同然だ。

――こいつはかなわねえ。

重四郎は自分では脇差しを上段にかまえているつもりだ。が、実際には、剣はだらんと下がり、その剣尖は、ただ無力に地面を擦っているだけだ。

ときおり、珠がスッと近づいて見えることがある。その光はするどく、まばゆく、目に射し込んできて、ほとんど頭の骨に達するかのように感じられる。

重四郎はぼんやりと、

――珠が目のなかに飛び込んできたら、もうおしまいだ。

そんなことを考えている。

実際に、珠が目のなかに飛び込んでくるはずはないのだが、そんなことを考えること自体、すでに重四郎が相手の幻術《めくらまし》におちている証拠だろう。

珠をあやつっている男は、かんかん踊りの先頭にたっている。その男のあやつる珠が、竜の動きを誘い、唐人踊りの踊り手たちを右に、左によく動かしている。

どうやら、その男がこのかんかん踊りの座長格らしい。一見、ばらばらに見えるかんかん踊りだが、じつはその男が全員を統率しているようなのだ。

その男は、たくみに棒をあやつりながら、片手でヒョイと唐人笠を取った。

能面のように無表情な顔だ。眉が薄く、鼻梁も薄く、唇も薄い。そのまったく瞬きをしない目がなんともいえず不気味だった。

その男の薄い唇がひらひらと紙のように動いて、

「もういけねえよ、弓削重四郎。せいぜい念仏でもとなえるこった」

そう声が聞こえてきた。ひやりと冷たいものを感じさせる声だった。

「………」

重四郎の意地もここまでだった。

意識が混迷のなかに沈んでいく。ただ、暗い。その手からぽろりと脇差しが落ちた。

体がしだいに前のめりに傾いていくのを覚えていた。

意識がとぎれる寸前、

——ざまあねえや。だらしがねえ。

重四郎はそう自嘲していた。

そのときのことだ。

ふいに背後からおびただしい人の声が聞こえてきた。その声が近づいてくる。口々になにやらわめいている。そのわめき声が、かんかんのうを圧して、わあっ、とおたけびのように迫ってきた。

一瞬、なにが起こったのか分からない。分からないながらも、そのわめき声に、いまにもとぎれかかっていた意識が、ふいに光が射し込んできたように、はっきりした。

気がつくと、波うちぎわに、何隻もの小舟が揺れている。どうやら、ついさっき、わめき声をあげたのは、その小舟に乗っている船頭たちらしい。

さすがに、その途方もないわめき声に閉口したのだろう。かんかん踊りの男たちの姿は風をくらったように消え失せていた。

——こいつらは何者なんだ？　どこから現れやがった。

いま、船頭たちはじっと黙り込んで、重四郎の姿を見つめている。いずれも屈強な体つきをした男たちだった。

漁師ではないようだ。どうやら荷舟を運ぶ船頭たちらしい。

小舟の一隻からひとりの男がヒラリと下りたった。

その男だけは船頭ではないらしい。尻端所《しりつぱしよ》りの、身軽ないでたちだが、その羽織、着物のこしらえが、いかにもものがよさそうだ。こんな船頭がいるものではない。

男は月影を踏んで、重四郎に近づいてくると、

「やぼに恩を売るつもりはありませんがね。それにしても、危ないところだった、重四郎さん」

そう明るい声をかけてきた。

「あんたは……」

重四郎は絶句している。

思いがけない相手だった。どうして、この男が、こんなところに現れたのか？

その男は——

廻船問屋の阿波屋利兵衛なのだ。

2

大川から日本橋川に入る。

日本橋は、北に室町、南に通一丁目、日本橋川を南北につないで、長さ二十八間（およそ五十メートル）、その繁華雑踏は、夜遅くまで絶えることがない。

さすがに、この時刻、夜八つ（深夜二時）ともなると、橋うえの人通りはとぎれるが、橋をくぐる漁舟、荷舟は、夜半までおびただしく輻湊《ふくそう》し、櫓の音の絶えることがない。

ここから江戸橋までの北岸は、魚河岸と呼ばれ、本船町、安針町、長浜町などの魚市は、江戸随一の結構を誇っている。はやくも漁船が何十隻となく、それぞれに舟をつけ、江戸まえの魚を水あげしている。

重四郎はそれを見て、

「感心にせいがでる。いや、稼ぐもんだ。おれにはとてものことに魚屋はつとまらねえ」

そう無邪気な声を張りあげた。

なにしろ重四郎はその日暮らしの貧乏浪人で、これまでろくに、深川通いのちょき船さえあつらえたことがない。川からあおぐ江戸の町並みがめずらしくてならない。

深川八幡宮の砂村から舟で送られた。阿波屋利兵衛が同舟している。利兵衛の好意からといいたいところだが、どちらかというと、利兵衛は重四郎の敵だろう。利兵衛がなにを考えて、重四郎を助ける気になったのか、得体の知れないところがある。

艫《とも》のほうにすわっている利兵衛がしぶく笑って、

「どういうものですか、わたくしはこの日本橋川が好きでしてね。暇さえあれば、こうして舟をしたてるのでございますよ」

「阿波屋さんは魚河岸がお好きかえ」

「魚河岸も嫌いではありませんが、それよりも橋の南詰めの高札場が好きなのでございますよ」

「高札場が？」

重四郎は眉をひそめた。

「それはまた物好きな」

日本橋の南詰め東側の高札場は、姦通者、女犯の僧侶、心中のし損じ者などをさらす晒し場と向かいあっている。よほどの変わり者でなければ、高札場を好きだなどと公言はしないだろう。

「なに、口はばったいことを申しあげるようですが、わたくしは、いつだって鈴ヶ森に首をさらしてもいい覚悟でいます。いざというときに、土壇場になおした鯉のようにびくしゃくしたんじゃ、阿波屋の名がすたる。そうならないためのいわば胆だめしでございますよ」

「そいつは見あげた心がけだ。いまどき侍でもそれだけ覚悟のさだまった者はいやあしめえ。だが、大身代の阿波屋さんが、どうしてそんな覚悟をなさるのか、そいつが解《げ》せねえ。阿波屋さんほどのお人なら、まさかのことに、抜け荷が発覚したぐらいで、首が飛ぶ心配もなかろうに」

「わたくしのような者にそれほどの力がありますものか。抜け荷が発覚すれば事こわしでございますよ。ですが、いずれは鈴ヶ森に首をさらすものと観念しているのは、抜け荷のことがあるからではございません」

「ほう、抜け荷以外にも、なにか悪事を働いておいでか?」

重四郎は遠慮がない。その言葉に船頭の背中がわずかにこわばったようだ。

「悪事？　さあ、自分では悪いことをしているつもりはないのですが」

しかし、利兵衛は動ぜずに、

「生まれついての性分がそうさせるのでございましょう。重四郎さん、わたくしは息苦しくてならないのでございますよ」

「息苦しい？　なにが」

「この江戸の町が」

「さあ、分からねえ。江戸の町のなにが息苦しいのかね」

「なにもかもが。わたくしは子供のころからこの江戸の町が妙にこぢんまりと片づいているような気がしてなりませんでした。元旦には若水をくんで、初日の出をおがむ。年始回りに万歳、七草、初午、梅見に、雛祭り、端午、なにからなにまで約束事のなかにきっちりおさまって、それにしたがっていさえすれば、めでたく一年が過ぎていく――」

利兵衛の顔がわずかに歪んで、

「わたくしにはそれがたまらない。息がつまる。生まれついてのひねくれ者で、その約束事が、なんとも窮屈に思えてならない。なにやら升落《ますお》としにかかったネズミが、そのことを知らずに、一生を終えてしまうような、そんな気持ちになるのでございます」

「妙な男だな。あんたは」

　重四郎はまじまじと利兵衛の顔を見て、

「おれはこれまで物事をそんなふうに考えてみたことはねえが」

「この世の仕組みがなんとも我慢がならない。たぶらかされているような気がしてならないのです。なにやら、どこかに大きなからくりがあって、みんなが、そのからくりに操られているような、そんな気がしてならないのです」

「………」

「なんとか、この世のからくりから逃れたい。ひとりの人間として、この世の約束事などきれいさっぱり忘れて、思うぞんぶん、気ままに生きてみたい。いつしか、それがわたくしの執念のようになりましてね。さっき申しあげた土壇場になおした鯉ではありませんが、こうして未練に、びくしゃくしているわけでございます」

「ははあ、なるほど」

「お分かりになりませんか」

「いや、なんとはなしに分かるような気もするがね。この世の約束事が我慢できずに、それで、抜け荷をなさっておいでか」

「そのほかにもいろいろと」

　利兵衛はしぶく笑って、

「廻船問屋のかたわら、塵芥《ゴミ》請けおいの仕事をさせていただいているのも、そのためかもしれません」

「ほう、阿波屋さんは塵芥請けおい船もあきなっておいでか」

　重四郎はあらためて阿波屋の顔を見た。

　阿波屋ほどの大身代が、なにを好んで、塵芥船を請けおう仕事まで、商いを拡げなければならないのか？　この阿波屋利兵衛という男が、いよいよ得体の知れない人間に感じられてならなかった。

「鹿芥請けおい船をねえ」

　あらためて、そうつぶやき、ただ感心するばかりだ。

3

家々から出されたごみは、まず裏店《うらだな》のごみ溜に集められる。次には、そのごみが、大ごみ溜に集められ、さらには、それを塵芥請けおい人が収集する。ごみは舟で運ばれ、たとえば、永代島などの埋めたてに使われることになる。

「どうして、阿波屋さんともあろう大店《おおだな》が、塵芥請けおいの仕事までなさるのか。抜け荷はともかくとして、廻船問屋の仕事も繁盛しているはずだ。ごみ舟までは手がまわりかねるだろうに。それとも、塵芥請けおいの仕事は、よほど利がいいのかえ」

「なに、大したことはございません。持ち出しとまでは申しませんが、正直、割りのあわない仕事でございますよ。ただ、うまくは申しあげられませんが、ごみをあつかうこの仕事、どこかで、この世のからくりを動かす力につながっているような、そんな気がしてならぬのです」

「はて、分からねえな」

「お分かりになりませんか。いや、お分かりにならぬのもむりはない。正直、これぱっかりは、わたくし自身も、自分で自分がなにを考えているのか分かりかねている」

　利兵衛は苦笑し、

「ただ、これだけはお分かりいただけるのではないかと思うのですが、なにしろ江戸は八百八町、日々、そこから出されるごみはとほうもない量になるはずでございましょう」

「うん」

「それなのに、裏店のごみ溜、大ごみ溜、塵芥船、これだけで、そのごみを始末できているのが、まず解せない。江戸がごみに埋もれてしまわないのが分からない。塵芥船を出しながら、はて、なんでこんなことで毎日の江戸のごみをしのげるのか、そのことが不審でならない」

「それも、どこかで、この世のからくりが動いているからだ、とそういわれるか」

　はい、と利兵衛はうなずいて、

「思えば、いんがな性分でございます。人様からは大店と呼ばれ、おとなしく商いをしていれば、まずは一生を安楽に過ごせますものを。なにを好んで、この世の仕組みに棹さしますものやら、自分で自分の性分がいぶかしゅうございます」

「……」

重四郎はただ利兵衛の顔をまじまじと見つめるばかりだ。

利兵衛はいわば生まれついての反逆者なのだろう。どんなに身代をかさね、大店を築きあげても、その持って生まれた性分を変えることはできない。そう考えれば、利兵衛の澄んだ明るい目には、どこか見はてぬ夢を見つづけている人間の、哀しさのようなものが感じられるようだ。

「いや、まあ、なにをどう言いつくろってみたところで言い訳にしかなりますまい。しょせんは性分がねじ曲がっているのでございましょう。時鐘を盗んでやろうと思いたちましたのも、その性分がわざわいしたのでございますよ」

利兵衛は笑った。

「さあ、そのことよ。あんな時鐘、貫目があるばかりで、鋳《い》つぶしたって、たかが知れてらあ。それなのに、どうして阿波屋さんほどの大身代が、時鐘なんぞを盗まなければならなかったのか、おいらはそのことを考えあぐねていたのさ」

「お道楽でございますよ」

「道楽？」

「おせっかいに鐘をうって時を知らせるのがまず気にいりません。鐘役の株が仲間うちで売り買いされているのも気にいらない。町から鐘つき料を徴集しているのもおもしろくありませんな。だれが頼んだわけでもないのに、鐘役は、江戸の時刻をおのれのものにしている。そんな鐘役に一泡ふかせてやりたいとそう考えたまでのことでしてな」

「こいつは驚いた。道楽であれだけのことをしでかしたのかえ。いや、時の鐘も、この世を動かす、からくりの一つだとそういうわけなのか」

「はい、まずはそのようなところで」

利兵衛はその明るく澄んだ目を向けて、

「この世のからくりを仕掛けている者がいるとすれば、その者は、江戸の〝時間〟を支配しようとするでしょう。わたくしには時鐘をうつ時役が、そのからくりを仕掛けている者の、手先であるような、そんな気がしてならないのです」

「いや、そいつはいささか――」

「わたくしの考えすぎではないかとそうおっしゃいますので」

「そうさ、な。おれにはなんともいわれねえが」

「わたくしはそうは思いません。たとえば、あのかんかん踊りたち。わたくしは、あの連中も、その、この世のからくりを仕掛けている何かが、送り込んできた者たちではないか、とそう考えているのでございますよ」

「なるほどね、大きにそういうこともあるかもしれねえ」

重四郎はあごを撫でた。あごでも撫でているしか、やることがない。

「あのかんかん踊りたちが何者なのか、わたくしはそんなことは存じません。心底、知りたいと思えばこそ、船頭宿に飼っている七百人からの船頭を、江戸の川筋に走らせ、かんかん踊りの正体をさぐらせもしたのですが、いけませんな。あの連中が何者なのか、どうしても、それを突きとめることができませんでした。もっとも、その苦労のかいあって、ああして、重四郎さんをお助けすることができたのですから、まあ、それでよしといたしましょう」

「わがことながら、ふがいない。おかげで命拾いをさせてもらったよ」

「礼にはおよびませんよ、重四郎さん。あのかんかん踊りから、重四郎様をお助けしたのは、これは阿波屋利兵衛が商人のそろばんを弾いてのこと、人助けでやったことではございません」

「……………」

「じつは弓削重四郎様を見込んでお願いしたいことがあるのです」

「やはり、そうおいでなすったか。そんなことだと覚悟はしていたさ」

　重四郎は苦笑し、

「さっきはすんでのところでかんかん踊りに殺されるところだった。危ういところを救ってもらったのだ。利兵衛さんには頭があがらねえよ。命をとっこに取られたんじゃ、どんな頼みでも聞かなければならねえよ。遠慮はいらねえ、いってみなよ」

「たちいったことをお聞きするようですが、重四郎様は、鐘役のおよその徳兵衛さんとお知り合いでございますね」

「およその徳兵衛？」

　思いがけない名が出てきて、重四郎は目を瞬かせた。

　およその徳兵衛は、本所横川町の鐘役で、徳兵衛の打つ鐘は神韻縹渺《しんいんひょうびょう》、その名人業に、聞きほれない者はいないといわれている。いわば江戸の名物男のひとりだろう。重四郎はひょんなことから、徳兵衛と顔見知りにはなったが、べつだん知り合いといわれるほどの仲ではない。

　そのことを正直にいったが、利兵衛は耳のないような顔をして、

「わたくしはかねてより、およその徳兵衛さんにぜひともお会いしたい、そう考えておりました。くどくも申しあげるように、江戸の人々に、〝時間〟を押しつける時鐘が、なんとも気にいらない。ぜんたい、どんな料簡《りょうけん》で、そんなことをしているのか、一度、そのことをおうかがいしたいものだ、とそう考えていたのでございますよ」

「物好きな、とおいらはそういいたいね。だが、まあ、おれなんぞの口出しすることじゃなかろう。好きにするがよかろうさ」

「じつは、そこで、重四郎さんに、徳兵衛さんとのお引きあわせをお願いしたいのでございます」

「江戸で名だかい阿波屋利兵衛さんだ。心配するがものはない。会いたいとそういえば、だれでも喜んで出向いてくるんじゃないかね。なにも、おれのような痩せ浪人が安い顔をだして、引きあわせの労をとるまでもない」

「それがそうはいきません。これまでも何度か人を介して、会いたい、とそうお願いしてきたのですが、徳兵衛さんには、なんとしても会っていただけません。万策つきて、あつかましくも、こうして重四郎さんにお願いしているようなわけでございます」

「ふうん」

重四郎はあごを撫でた。

そのとき、舟はわずかに揺れた。どうやら本小田原町の河岸《かし》に着いたらしい。船頭が櫓を棹に変えて、舟を桟橋に引き寄せた。

もう魚河岸はにぎわっている。漁師の姿に混じって、ぼてふり、ぼてふりの魚屋たちが、いかにも気ぜわしげに行き来している。その喧噪が風に乗って聞こえてきた。

利兵衛はそんな魚河岸に目を向けるでもなく、

「どうでしょう。この願い、聞きいれていただけましょうかな」

そう尋ねてきた。

4

「重四郎さん、おいでかね」

番太の善助が戸をあけた。

「ああ、いるよ」

重四郎は不精《ぶしよう》に畳のうえに寝ころがって本を読んでいる。行燈《あんどん》の明かりがぼんやりと滲んでいた。

善助は遠慮なく上がり込んできて、

「ほう、めずらしい。黄表紙を読んでいなさるか」

「なに、暇《ひま》っ費《つうや》しさ。『柳亭雑記』という読み本だがね。なかなかにおもしろい」

重四郎は体をあげて、

「なにか分かったかえ」

「さてね。おいらも盗人をやめてから、かれこれ十年になる。めっきり世間が狭くなっちまって、以前のようには、人の噂も入ってはこねえが――」

善助は腰をおろし、貧乏どっくり、欠け茶碗を、勝手に引き寄せると、

「縄たらしの源三という男の話を耳にしたことがありました。どんなに厳重に縄で縛られても、一声かけたとたんに、その縄がぱらりとほどける。長い縄を一尺（およそ三十センチ）ほどに束ねて、それを幾筋にも切る。その切り口を結びあわせて、ぱっと見物に投げると、それが一本の縄にもどっている。そんな大道芸を得意にしていたらしい」

「なんだ、手妻遣いじゃねえか」

「手妻遣いさ」

善助はうなずいて、

「もっとも、こいつの手妻は、ほんの手すさびだったらしい。ほんとうは幻術師《めくらまし》さ。なんでも山芋を鰻に変えたり、絵のなかの雀を抜けださせたり、剣をのんだり、牛や馬をのんで見せたり、いろいろと不思議なめくらましを使ったらしい。またの名を、盗人縄たらし、といいましてね。表向きはただの大道芸人だが、裏にまわれば、子分を何人もかかえる大泥棒でさあ」

「ふうん、大泥棒か。そいつは凄まじい。とっつあん、きりくびの善十とはどちらがいい顔だったのかえ」

「悪くからかっちゃいけねえ。どんなにおれが身体《こや》が軽くても、縄たらしの源三とは勝負にならねえ。なにしろ、押しいった大店のあるじの目を覗き込んで、自分の意のままにさせるというんだから、かなわねえやな。蔵の錠前を開けさせるのなんざ、朝飯前だったといいますぜ」

「その縄たらしはいまも健在なのか」

「さあ、ここ何年かは噂を聞きませんねえ。まだ、それほどの歳じゃないはずだが、小金を溜めて、田舎にでも引っ込んだか。もっとも、盗人縄たらしが、そうたやすく足を洗う気になるとも思えませんがね」

「幻術遣いか」

重四郎は腕を組んだ。

かいかいかいの、かんかんのうのあの珠をあやつっていた男のことを思いだしている。幻術遣いは瞬きをしないと聞いたことがある。瞬きをしない目で、相手にめくらましをかける。

幻術は、果心居士などの流れをくんで、江戸時代にも残された。元禄期には、塩屋の長次郎という有名なめくらましが出現し、さまざまに変幻奇怪な術をつかった、といわれている。いつごろからか、幻術は、手先の錬磨をもっぱらにする手妻に堕落し、その遣い手もほとんど根絶した。

が、かんかん踊りのあの連中は、岡っ引の藤吉をあやつったことといい、重四郎をほとんど喪神させたことといい、めくらましの術をつかったとしか思えない。

もっとも、かんかん踊りの十数人が、すべて幻術遣いであるはずがなく、おそらく、そのうちの何人かがめくらましの術をこころえているのだろう。

あの瞬きをしない男——もしかしたら、あの男が、縄たらしの源三と呼ばれる盗人なのかもしれない。そんな気がした。

「ちょっと出かけてくらあ」

重四郎は立ちあがった。

善助は欠け茶碗でしきりに冷や酒をあおりながら、

「傘を持っていったほうがいい。なんだかぼろ付いてきましたぜ」

重四郎は笑って、

「なに、濡れていくさ。傘がなければ、しのぎのつかない雨でもなさそうだ」

暮れ六つ（午後六時）、ぼんやりと薄暗くなった裏店の軒に、細かい雨がはらはらと降りかかってきた。重四郎は手拭いをかぶって歩きだした。

5

本所横川は、中之郷横川町の北、入江から南へ流れて、深川に入り、小名木川に流れ込んでいる。

その横川の西岸に、百六十坪からの地を拝領し、鐘楼堂が建立されている。

これが、俗にいう時鐘屋敷で、およその徳兵衛は、この屋敷で、刻限をしらせる時鐘をうち鳴らしている。

そのおなじ横川の西岸、法恩寺橋の北側が横川町で、その町内に北割下水の落とし口がある。

いま、下水の水が横川に落ちる音が、どん、どん、と響きわたるなかに、しのつく雨の響きが混じって、なおさら夜の暗さを深くしているように感じられる。

北割下水の落とし口の近く、自身番屋を過ぎたあたり、柳の下に、夜鷹そばが荷をおろしていた。

あとから考えれば、べつだん腹を減らしてもいない重四郎が、その灯火を見て、ふらふらと立ち寄る気になったのも、奇妙なことといえるかもしれない。

もっとも、さんざん秋の冷たい雨にうたれたあとのことでもあり、

「なにしろ、こう冷えちゃやりきれねえ。爺さん、一杯、熱いのをあつらえてくれ」

そう声をかけたときには、本心から、そばを食べたくなっていた。

爺さん、と声をかけたが、夜鷹そば屋のあるじは、それほど老いぼれてはいない。

着物のうえに袖なしを着て、頭の手拭いはおさだまりの米屋かぶり。手拭いから覗いている髪はすでに白いが、どうしてまだ、その体つきは若々しく頑強そうだ。

待つほどもなく、

「へえ、お待ちどお様」

あるじがそばを出してきた。湯気が鼻先にふわりとたちのぼる。

「やあ、こいつはありがてえ。しんから温まりそうだ」

重四郎が無邪気に声をあげる。

そのとき、あるじの頭からひらりと手拭いが落ちた。その目がヒタと重四郎の目を射すくめる。薄い眉に、薄い鼻梁、薄い唇。その能面のように無表情な顔に、瞬きをしない目が、填《は》め込まれている。

器を手渡す一瞬、たがいの視線がまじわっただけだが、そのほんの一瞬に、重四郎はくらくらと目がかすむのを覚えた。あるじの瞬きをしない目に、自分の体が引き込まれていくようなのを覚えた。

とっさに重四郎は指を熱いそばのなかに突っ込んだ。指が焼ける。その痛みに、とぎれそうになっていた意識が、にわかにはっきりするのを感じた。器が引っくりかえり、そばがこぼれる。

「やれやれ、勿体ねえ。せっかく、あつらえたそばがだいなしじゃねえか」

重四郎は濡れ手拭いで、火傷した指をくるみながら、

「あんた、もしかしたら、縄たらしの源三さんというんじゃねえのかえ。かんかん踊りで器用に珠をあやつっていた。そうじゃねえのか」

「………」

おやじは、いや、縄たらしの源三は黙り込んでいる。めくらましに失敗し、いくらかは動揺しているのだろうが、その顔はあいかわらず能面めいた無表情だ。その瞬きしない目にはどんな感情も浮かんでいない。

「危ねえ、危ねえ。かんかん踊りもそうだったが、今度も、すんでのところで、めくらましに引っかかるところだった。こんな悪さはこれぎりにしてもらいてえもんだ」

「………」

「といっても、その面《つら》つきじゃ、あきらめそうにないな。いっちゃ悪いが、あんたの顔つきは、いかにも執念ぶかそうだ。あんた、蛇の性だぜ。いずれ、その執念ぶかさが身を滅ぼす」

重四郎は笑って、

「おれはこれから時鐘屋敷に行かなければならねえ。なに、ほんのやぼ用さ。小半刻も

あれば、らちのつけられる用件だ。雨が降るのに気の毒だが、その帰りに、どこかで待っていちゃあくれねえか。あんたの執念ぶかさで、つけ回されたんじゃ、こちらの身が持たねえやな。すっぱり、けりをつけたいと思ってさ」

源三の薄い唇が動いた。

「いいだろう」

そう声が聞こえた。秋の雨のように冷えびえとした声だった。

「よし、決まった。ここに置くぜ」

重四郎はびた銭を放りだした。その、ちゃりん、という銭の音を聞きながら、雨のなかに足を踏みだした。

6

雨があがった。その雨のあがった空におびただしい星がきらめいている。

その満天の星空に、まっしぐらに突き刺さるようにそびえ、黒く、ぼんやり浮かんでいるのは、時鐘屋敷の鐘楼堂だ。

東には、横川をはさんで、旗本の下屋敷があり、西、南には、御家人衆の拝領屋敷がある。

いずれも広大な敷地を擁して、夜には、ほとんど灯火の明かりも見えなくなる。

「だから、いいのさ。星をあおぐのにこんなに格好なところはない」

およその徳兵衛が声を張りあげた。

「さいわい雨もあがった。うれしいね。雨あがりの空は澄んでいる。星を見るためにあるようなもんだよ」

時鐘屋敷の一角に、小だかく土が盛りあげられ、そのうえに大小の小屋が建てられている。小屋といっても、柱に屋根を乗せただけの吹きっさらしの小屋で、まわりに能舞台のような、広い台をめぐらせている。一軒の屋根のうえには、ちょうど物干し台のような広い台を乗せて、そのまわりを手すりでかこんでいる。

屋根の台には、その真ん中に、奇妙なからくり細工のようなものが乗っている。ひご細工の毬《まり》の、その枠組みだけを残したような形をしているが、これがすなわち簡天儀《かんてんぎ》と呼ばれるものであるらしい。

なんでも針の回転により、天体の運行、その位置を測る仕掛けだというが、よしんば説明されたところで、重四郎にはかいもく、その仕組みがつかめない。

「ここにはそのほかに象限儀《しょうげんぎ》もある。天文方の浅草天文台や、九段坂うえの天文台にはかなわないかもしれないが。まあ、まず、たいていの天文観測は、ここの簡天儀、象限儀でこなせるはずだ」

およその徳兵衛は得意そうだ。腰から筒ざしの煙草入れを取り出すと、いかにも美味《うま》そうに、煙草を吸いつけた。

小屋の脇に、階段をもうけ、その屋根のうえに登れるような造りになっている。

いま、重四郎は、徳兵衛に案内されて、屋根のうえの天文台に立っている。

「わたしは無学で、こういうことにはとんと暗いんですがね。星の動きを知って、それがなんの役にたつんですかえ」

重四郎は尋ねた。

「それはあんた、暦をつくるのには、ぜひとも星の動きを知らなければならない。そんなものです。時間にしてもそうだ。時鐘をうつのには、できるかぎり正確に、時間を知らなければならない。日々の星の動きを知ればこそ、暦も、時間も、人様のお役にたつものになれるというものさ」

「ほう、そんなものですかな」

重四郎はただあっけにとられるばかりだ。

「それは大したもんだ」

江戸期の天文観測の歴史は古い。

すでに五代将軍綱吉は、天文方を任命し、牛込藁店に天文台を設けている。日本で初めての暦といわれる「貞享暦」が完成したのもこの時代のことである。

享保年間には、八代将軍吉宗が、天文、暦法に深い関心を持った。吉宗みずから、オランダわたりの望遠鏡を使って、江戸城内吹上の庭で、天体観測をおこなったらしい。ついには、その熱意がこうじて、神田佐久間町に天文台を築くにいたった。このときには「宝暦暦」という暦がつくられている。

のちの人が想像する以上に、江戸期の人たちは、天体に関心を持っていたらしい。

もっとも、いくら時間を告げる鐘役だからといって、個人が、自分のために天文台を持っているのはめずらしい。およその徳兵衛という男、噂どおりの、いや、噂以上の、変人であるらしい。

「いや、大したもんだ」

そう重四郎が繰り返したのは本音だ。

重四郎は天文学については何も知るところがない。しかし、そんな重四郎にしてからが、天体の運行をつぶさに観測する徳兵衛の情熱には、なにやら胸をうたれるようなものを覚える。

徳兵衛はあいかわらず、すり切れたひとえに、安物の帯、さらし木綿の下着の、貧乏くさいなりをしている。その貧乏神のような貧相な姿が、しかし、そうして簡天儀、象限儀をまえにして立っていると、なにやら重々しげに見えるからふしぎだ。

「わたしはこうして、ここに立って、星を眺めているのが、なにより好きでしてな。星を見ていると、なにやら俗界の埃が洗いながされるように思える。世間のばかは、妻帯をしない、ろくに道楽もしないわたしのことを、なにやら朴念仁のようにはやしたてるが、なに、わたしからいわせれば、世間の人間のほうがよほどの朴念仁だ。すぐ頭のうえにこんな美しい世界が拡がっているのに、世間のばかはそれを見ようともしない。思えばあわれなものだ」

「どうやら、わたしも徳兵衛さんから世間の馬鹿といわれるくちらしい。これまで、お星様など、ついぞあおいだことがない。わたしも、せいぜい、これからは夜空をあおぐことにしましょう」

「うむ、それがいい。そうなさい。そうなさい」

徳兵衛は満足げにうなずいたが、ふと、その顔を曇らせると、

「ただ、このところ、ちょっと気になることがあるんだがね」

「気になること？　なんですえ」

「いや、これはあんたのように無学無知な人間にいったところで、詮《せん》ないことではあるんだが」

「ははあ、なるほど、わたしは無学無知な人間ですか。こいつはいい面の皮だ」

重四郎は苦笑するしかない。

「いや、あんたに限らず、だれにいったところで詮ないことではあるんだが、だれかにいわずにはいられない。このところの星の動きがどうもおかしい」

「星の動きがおかしい？　はて、分からねえな。それはどういうことですか」

「なんだか星の動きが微妙にずれているような。どこがどうと、はっきり言いあてることはできないんだがね。わたしが覚えているかぎりでは、星がこんな動き方をしたことはないような気がする。なんとはなしに理にあわない動きをしているんだよ」

ふうん、と重四郎はうなずいている。

しょせんは、はるか遠くにかけ離れた空のことだ。本気で徳兵衛のいうことを聞く気にはなれない。星の動きがどう変わろうと、それは地上で傘張りをして、かろうじて毎日をしのいでいる重四郎には、なんの関わりもないことだった。

しかし、じつは、関わりがないどころか、これこそ、重四郎の運命に大きく関係してくることだったのだ。この天体運行の変化が、その後の重四郎の運命に、とほうもない激変をもたらすことになる。

もっとも、重四郎がそれを知ることになるのは、よほど後になってから、すべての謎が解きあかされてからのことなのだが。

「ところで、どうでしょうか。さきほどお話しした阿波屋さんの件、お引き受け願えませんかね」

重四郎はあごを撫でながら、

「なにぶんにも、阿波屋利兵衛は癖のある男、気の進まぬこともおありでしょうが、そこを曲げてお願いしたい」

「どんな事情から、阿波屋ふぜいの遣いやっこなど勤める気になったかは知らないが、弓削重四郎さん、すこしは自分を情けないと思ったほうがいい」

徳兵衛は一転して不機嫌な顔になった。じろりと重四郎の顔を見て、

「まだ、そのときが来ないから、くわしいことはお話しできない。しかし、あんたは、わたしたち鐘請負人のお仲間のようなお人なんですよ。そうなる運命をいわば前世からさずかっているんだ。そのあんたが、なんで阿波屋なんぞに肩入れなさる？　たしかな証拠があることではないが、おそらく、阿波屋は時鐘を盗んでいる。そんな男に肩入れするんじゃ、話があべこべというもんだ」

「ははあ、話があべこべですか。それでどんなものでしょう。阿波屋さんに会っていただけますか」

重四郎はけろりとした顔でそういう。

「いいでしょう」

徳兵衛は唇をひき結んで、そっぽを向きながら、

「阿波屋とはいずれ顔をあわさなければならないと思っていたんだ。ここは、あんたの顔をたてて、会うことにしましょう」

7

本所は江戸のうちといっても、半分は田舎のようなもので、いたるところに草深い空き地を残している。

ましてや旗本の下屋敷や、御家人の拝領屋敷などとなると、近所には町家もなく、三百坪、四百坪の空き地が、ほとんど草原と呼んでもいい景色になる。

その草ぶかい空き地に、三つ四つと、明かりがともった。明かりは、狐火のように青白く揺れ、それがしだいに、点々と数を増やしていく。

見おぼえのあるかんかん踊りの灯だ。遠くかんかんのうの歌がざわめいている。

いいいいい
重四郎は足をとめると、

「きやがったな」

そうつぶやいた。

時鐘屋敷からの帰路だ。あらかじめ、待っていろ、といっておいたことだから、べつだん、かんかん踊りが待ち伏せをしていることにはおどろかない。ただ、さすがに脇腹の筋肉が引きつれるような緊張は覚えた。

かんかんのうの歌が近づいてくる。その明かりが、離れては近づき、近づいては離れるのをくりかえしていた。

かんかんのうきうのれんす　きうはきうれんす　きうはきうれんれん　さんちょならえ　さァいィほう　にいくわさん

ふいに明かりがひとつに溶けた。炎が燃えあがるような、まばゆい光のなか、いきなりあの竜の姿が浮かんだのだ。

竜はぐわっと真っ赤なあぎとを開けて、身をうねらせながら、重四郎に向かって、一直線に突っ込んできた。

めくらましだ。めくらましと分かっていながら、その竜の異様な迫力には、たじろがざるをえない。そして、それにたじろいだときには、すでに、めくらましに落ちてしまっているのだ。

しかし、重四郎は、いささかもたじろごうとはしなかった。脇差しを抜きはらいざま、袴の裾をひるがえし、竜に向かって、大きく飛び込んでいったのだ。

わっ、と明かりが揺れた。唐人姿の男たちが、こけつまろびつしながら、右に、左に逃げていく。

縄たらしの源三が先頭に立っていた。今回は、珠ではなく、竜の胴体をささえる棒を持っていた。

いきなり重四郎が切り込んでいったために逃げることもできなかったらしい。その日を、カッ、と見ひらいて、

「て、てめえ、どうして——」

そう叫びかけた口を、縦一直線に切りおろし、脇差しが振りおろされた。その顔を半分に切り裂いて、赤く、糸のように細い線が走った。驚愕した表情をそのまま残して、その赤い線から、ふつふつと血の泡が噴きだしてきた。

どうやら、めくらましを遣うことができるのは、この源三ひとりだけだったらしい。ほかの男たちは、首領の源三が切られたことにだらしなく狼狽し、なにもかも放りだして逃げていった。

放りだされた提灯がめらめらと火をあげて燃えていた。その火あかりのなかに、顔を半分に切り裂かれた源三が、ゆらゆらと揺れながら、それでもなんとか倒れずに、立ち

つくしていた。

「ど、どうしてぇ――」

源三が息の洩れる木枯らしのような声でそう尋ねた。

「どうして、めくらましにかからなかったとそういうのかえ。なに、なんでもないことさね」

重四郎はむしろ沈痛な声でそういい、ふところから『柳亭雑記』を取りだした。

「かんかんのうの歌が分からねえ。分からねえ歌を聞かせるのが、そもそも、めくらましにかける術じゃねえか、とそんなことを思いついたのさ。この『柳亭雑記』という読み本にはかんかんのうの謎解きが載っているんだよ。こんな具合だ」

重四郎は、かんかんのう、と口ずさんで、指で、宙に、看々阿、と書いた。そのあとも、やはり、指で字をなぞらえながら、

「かんかんのうは、みよみよ。きうのれんすは、久、阿、恋、思。つまり、久しく恋しく思う。きうれんすも、きうきうんすも同じ意味だ。さんちょならえの、さんちょは三叔、ならえは久しく思う――こんなふうにして解いていくと、かんかんのうが、見よ見よわれ久しく恋思う三叔《さんちょ》とあがめて恋する人は、というちゃんとした歌の文句に聞こえ

てくるんだよ。この謎解きが正しいかどうかはどうでもいい。ただ、わけの分からなかったかんかんのうが、ちゃんとした言葉に聞こえれば、それでいいのさ。かんかんのうのわけの分からない歌にまどわされ、めくらましにかけられることもなくなるのさ」

「ち、ちくしょう」

どうやら、源三は重四郎の言葉を最後まで聞くことができなかったようだ。ゆらりと体を傾けると、そのまま、前のめりに草のなかに沈んでいった。

造り物の竜が草のうえに放りだされている。めくらましのおかげで、一度は、生をさずかったはずの竜が、いまはまた、もとの木綿の竜にもどって、だらんと胴体を伸ばし、死んでいる。

重四郎はそれを見て、なにか自分がひどく心ないことをしたような気がした。長い夢からようやく覚めたが、覚めてみれば、この世はただもう味けないばかりだ。

「おい、縄たらしの源三、おめえも幻術遣いなら、なんとか、もう一度、生き返ってみたらどうなんだえ」

重四郎はそう囁きかけたが、むろん、源三は生き返る気配などは見せなかった。

九十九《くぐつ》

1

ここは芝神明町。

東海道筋にあたり、北に宇田川町、南に浜松町一丁目、東に武家屋敷、西には三島町、神明門前町……

芝神明町は、以前、隠し売女《ばいた》の一件で、町奉行のお咎めをうけ、地面のお取りあげ、家作お取り潰しなどの処分をこうむったことがある。そのときには、さすがに名だかい門前町も寂れにさびれ、一時は火が消えたようになってしまったものだ。

が、それも何年かまえ、めでたく処分がとり消され、最近になって、ふたたび以前の賑わいを取り戻したようである。

深夜八つ（午前二時）――

チョン　チョン　チョン

表店《おもてだな》の町家から裏店《うらだな》にかけて拍子木の時打ちの音が鳴り響いた。

番太郎の夜中時回りだ。

尻端折《しりつぱしよ》りに、股引き、下駄を穿いて、顔には手拭い、腰には〝火の用心〟の提灯。

番太郎は草履、渋団扇、炭団《たどん》などを細々と商うかたわら、町内の雑用をつとめている。八幡太郎と番太郎の違い、と冗談にもいわれるぐらいで、いってみれば隠居仕事、あまり幅のきいた商売とはいえない。

その番太郎も六十をよほど越しているらしく、腰が曲がるだけ曲がって、足どりもよたよたとおぼつかない。しきりに洟水《はなみず》をすすりながら、震える手で拍子木を打っているその姿は、絵に描いたような番太郎だ。

旧暦十月の末、もう筑波おろしが身を切る季節だ。もちろん町内にもう灯はない。暗がりのなかにたたずんでいる町家の屋根に、冴えた月の光が滴《したた》って、そのうえを冷たい風が吹き過ぎていく。天水桶に積みあげられた桶がカタカタと鳴っていた。

それでも番太郎は拍子木をうちながら、律儀《りちぎ》に町内をめぐって、ようやく番屋に戻ってきた。

ふと番太郎は眉をひそめた。

番屋の木戸は夜の四つ（午後十時）に閉める習わしになっている。それ以降、町内に出入りする人間は、いちいち番太郎に断らなければならない。それは面倒だから、よほどのことがないかぎり、江戸の人たちは深夜に外出などしなかった。

ところが今夜にかぎって、木戸のわきに人影がぼんやりと浮かんでいる。番屋の腰高障子を透かして、行燈《あんどん》の明かりがかろうじて射しているだけだから、その人影をさだかに見さだめることはできない。ただ黒い人影が木戸わきにうずくまっているのが、それと見えるだけだ。

こんな夜中に何をしているのか？　番太郎はそれをけげんに思ったが、それが町内の人間ででもないかぎり、番屋の者の関わりあいになることではない。とぼとぼと下駄を引きずりながら、その人影のまえを行き過ぎようとした。すると、

「おい、切り首の善十」

いきなりそう声をかけられたのだ。

「……」

　番太郎は足をとめた。ゆっくりと人影を振り返る。その洟をすすりあげる貧相な顔にはどんな表情も浮かんでいない。ただ、ぼんやりと虚ろな目をしているだけだ。

「しばらくだな、切り首の善十。番太郎になりすますとはさすがだ。そうしてもうろく頭巾をかぶって、拍子木を打っているのを見ると、とてものことに大泥棒の成れの果てとは思われぬよ」

　番太郎は闇を透かすようにし、人影の様子をうかがったようだが、どうやら、その顔を見さだめることはできなかったらしい。妙な話だが、なんだかその人物のうずくまっているあたりだけ、黒い霧がけぶってでもいるかのように、ひときわ闇が濃い。

「あっしは善助といいます。切り首だの、善十だの、とんと唐人の寝言のようで、何のことだかわからねえ。番太郎ふぜいがこんなことを申しあげて、お腹立ちになられると困りますが、旦那はお人違いをなさっておいでのようだ」

「人違いか。世間の馬鹿どもが相手なら、そんなせりふも通るだろうが、おい、切り首の善十、相手が違うだろうぜ」

「……」

ふいに善助が息をのんだ。

そのときになってようやく、話をしているのがその人物自身ではないことに気がついたらしい。人影のまえには小袖櫃《びつ》が置かれてある。その小袖櫃からちらちらとイタチのようなものが首を出し、それが人間の言葉を発しているのだ。

傀儡師《かいらいし》、あるいは首掛け芝居とも呼ばれ、古くは山猫まわしとも呼ばれた。人形を入れた箱に紐をつけ、それを首に下げると、門《かど》に立ち、ひとりで人形芝居を演じる。山猫というイタチのようなものを出し、チチクワイ、チチクワイとわめいて芸を終えることから、山猫まわしの名で呼ばれるようにもなったらしい。

要するに、のちでいう腹話術師のようなものだと思われるが、どう見ても、その人物は自分で話をしてはいない。小袖櫃からちらちらと顔を覗かせる、人形とも獣ともつかないものが、人間の言葉を発しているとしか思えないのだ。

これは芸の力ではない。いや、こんな芸があるものではない。

これは並の人間ではなかった。その人物のまわりにはなんともいえない妖気のようなものがたちこめている。その妖気が黒く凝集し、ひときわ濃い闇となって、男の周囲を包み込んでいるように感じられた。

善助はよろよろと後ずさった。その手からカタンと拍子木が落ちた。

「く、九十九《くぐつ》――」

善助の声はかすれていた。

番太郎の善助、かつての大泥棒、切り首の善十、人にはもうろくしているように見せかけているが、じつは、その胆力も、足腰もおとろえてはいない。たいていのことには動じない、このしぶとい老人が、いまは枯れ木がこがらしに鳴るように、その歯をガチガチと震わせていた。

2

東に、横川をはさんで旗本の下屋敷、西と南には御家人の拝領屋敷があり、いずれも広大な敷地を擁しているだけに、夜にはほとんど灯火も見えなくなる。

それだけに、地上の明かりに妨げられることがなく、満天に星が銀の砂をばら撒《ま》いたようにちりばめられている。今夜は月が明るいが、その月光にかすむこともなく、星のきらめきがくっきりと夜空に穿《うが》たれている。

ここは時鐘屋敷――

およその徳兵衛が鐘を打つ鐘楼台がひときわ高くそびえたち、その横に小だかく上を盛りあげて、天文台がある。

天文台といっても、吹き通しの屋根だけの小屋だが、一応は、簡天儀や象限儀をそろえ、設備だけのことをいうなら、天文方の浅草天文台にもひけをとらない。

ここは時鐘を打つおよその徳兵衛が、時間を確かめるために持っている、江戸時代はもちろん、後の世でもめずらしい、個人が所有する天文台なのだった。

いつものように、徳兵衛は天文台にあがって、星を観察するのに余念がない。

天の川がありありと天頂にかかり、牽牛織女がきらめいている。いつもながらに変わらない星空だった。

いつもながらに変わらぬ星空を、しかし徳兵衛は毎夜、飽きもせずに、一心に観察している。

この老人は耳もよければ目もおとろえていない。だからこそ、徳兵衛の打つ鐘の音は、神韻縹渺《しんいんひょうびょう》と賞され、こうして星を観察することもできる。

安物の古着を何枚も重ね着し、着膨れしているその姿はいかにも貧相で、風邪っぴきの貧乏神といったふうだが、その姿勢だけはしゃんと背筋を伸ばし、若い人間にひけをとらない。
その徳兵衛が、
「うん？」
と妙な声をあげ、目の精のおとろえた老人のように、ショボショボと瞬きをして、手
の甲で目をこすった。
そして、またあらためて星空を見あげる。懸命に視線を凝らしているその顔が、いつ
もは妙に人を食ったところのあるこの老人にはめずらしく、真剣そのものだ。
そして……
その顔がふいに驚愕でこわばった。幽霊でも見たような顔つきになっている。その禿
頭にかろうじて残っている白髪が、一瞬、逆だったようにも見えた。
「こ、これはどうしたことだ！」
叫んだ。
空の星々が水を透かして覗き込んだように全体にぐにゃりと歪んだ。星が動く。スッ
と流れる。まるで、天界の目に見えない誰かが、夜空を将棋盤にして、星々を動かして

いるかのようだ。おびただしい星がやつぎ早やに動いているのだった。

徳兵衛はもう何十年も星の観測をつづけているが、もちろん、こんな現象に出くわしたのは、これが初めてのことだ。

自分の目で見ていながら、とてもこれが現実のこととは信じられない。いや、こんなことが現実に起こるわけがない。よしんば人からこんな話を聞かされても、とても本当のことだとは信じられないにちがいない。

星は次から次に動いて、おさまるべきところにおさまり、やがて全体でひとつの絵を描きだした。こんなことがあるだろうか。それは――ことあろうにイタチに似た獣の顔だった。

イタチに似てはいるが、イタチではなさそうだ。強《し》いて似たものを挙げるなら、山猫まわしの山猫かもしれない。

「………」

徳兵衛はまじまじと夜空を見あげている。あまりのことに思考力がマヒしてしまっていた。

その獣の口がわずかに動いた。何かをつぶやいた。徳兵衛の耳にはさだかには聞こえなかったが、それは何か呪文めいた、奇妙なつぶやきであるようだった。

徳兵衛の表情が歪んだ。その貧乏神のような貧相な顔に悲痛な色がかすめた。

「九十九《くぐっ》！」


——どうしたんだろう。

常磐津の師匠、文字若、おふみは長火鉢の炭火を火箸でいらいらと崩した。

——なんだかくさくさするよ。

いつまでも風邪っ気が抜けずに、今日も朝から、ぼんやりと頭が重かった。それでも、なんとか稽古をしのいで、最後の弟子を送りだしたのだが、そのとたんにグッタリと疲れがのしかかってくるのを覚えた。

夕食の支度をする気にもなれない。通いの小女を走らせ、近所の仕出し屋に誂えの料理を頼んで、届けさせた。小女にも料理を持たせてやり、帰らせると、長火鉢のまえにすわり込んで、酒の燗をつけはじめた。

いつもはこんな自堕落な真似はしないのだが、こんなときには亭主も旦那もいない独り身の気楽さがつくづくありがたい。

もっとも好きな男と一緒なら、多少の頭痛は我慢して、食事の支度ぐらいはととのえるだろう。独り身は気楽だが、反面、どこか暮らしの底が抜けたようなわびしさを感じさせないでもない。

――弓削重四郎。

ふと、そんな名が頭に浮かんだ。一瞬、その面影が胸をよぎったが、慌てて、それをうち消した。

弓削重四郎は芝神明町の棟割長屋でひとり暮らしをしている浪人だ。侍とはいっても、刀まで質に曲げてしまったような貧乏浪人で、傘張りの内職をして、おつかつその日暮らしをしのいでいる。

親子代々の浪人にありがちな、妙にねじくれて曲がったところもなく、明朗闊達そのものといっていい若者で、その暮らしぶりを考えればそんなはずもないのだが、どことなく気品のようなものさえ感じさせる。

稽古を口実に、なんとか師匠をなびかせようと集まってくる町内の狼連には、根っからの男嫌いで通しているおふみだが、

――どうも、わたしは本気で重四郎さんに惚れちまったらしい。

そう認めざるをえない。

おふみはしがない常磐津の師匠にすぎないが、それをいうなら重四郎もしがない貧乏浪人で、たがいの身分にさわりはない。

いっそ似合いの夫婦といってもいいぐらいなのだが、ここに、どうしてもおふみが一途に恋に踏み切れないわけがある。

どうしたものか、お節という大店のひとり娘が、重四郎に馬鹿な惚れようで、毎晩、あんぽっ駕籠をしつらえて、棟割長屋に通ってくるのだ。

大店も大店、菊村といえば、江戸でも名うての鉄物屋《かなものや》で、そのひとり娘が恋仇では、常磐津の師匠なんかがどう転んでも、とても太刀打ちできるものではない。

いや、それもお節が身代をかさに着て、無理押しをしてくるとでもいうなら、女と女、相手がどんな大店の娘でも、おふみも怯《ひる》んだりはしない。それを、おふみがいるのであれば自分はあきらめる、そう殊勝らしくうなだれて見せるのだから、なんとも始末におえない。

江戸の女は意地と気っぷで生きている。そんなことをいわれて、はい、そうですか、と重四郎に飛びつくわけにはいかない。飛びつくどころか、自分のほうこそ身を引く、と心にもない啖呵《たんか》を切ってしまった。

その意地もあって、ここ何日間は、重四郎の顔を見ることさえできずにいる。会いたい思いはつのるばかりだが、ああして啖呵をきった手前、重四郎に会いにいくわけにはいかないのだ。

その苛立ちがこうじて、

——とんちきめ。色男ぶりやがって。大体、てめえがいつまでも煮えきらねえからいけねんだ。

重四郎を頭のなかでそう罵るのだが、そもそも重四郎はふたりの女のどちらにも好きだなどとはいっていないのだ。

ありていにいえば、ふたりの女の意地の張りあいにさらされて、とんだ飛ばっちりを受けているわけなのだが、当の本人はそのことに気がついているかどうか。

重四郎にはそんな鈍感なところもあり、それがまたおふみの怒りを誘う。

——とんとんちきの唐変木め。

そう罵るばかりだ。

しばらく、ぼんやりとしていたらしい。

気がつくと、炭があらかた灰になりかけている。あわてて灰をくずし、炭をたしてやると、あかあかと火がおこった。

その火明かりに障子がほのかに白々《しらじら》と浮かびあがった。障子にぼんやりと獣の影が映っている。近所のネコが縁側にでも寒さを避けているのだろうか？

おふみは火箸で炭火を突つきながら、いつまでもその影を見つめている。そんな大きなネコがいるはずはないのだが、不思議にそのことが気にならない。

ネコの姿がスッと変化《へんげ》して、人間の姿に変わったのだが、それさえ不思議なことに感じない。

いったんは楽になった頭痛がまたぶり返してきたようだ。頭の芯が熱をはらんだように疼いて、妙に気だるく、何を考えるのも面倒だった。

なんだか夢をみているように、ふわふわと頼りない心持ちで、その人影がしだいに輪郭をはっきりとしてくるのを見つめていた。

「九十九《くぐっ》――」

おふみは夢見心地のなかでポツンとそうつぶやいたが、自分ではそのことに気がついてもいなかった。

3

会所地という。

火除《ひよ》け地をかねた空き地のことである。

江戸が六十間四方の碁盤目状に町割りされたとき、道路に接しない閉鎖された空間が空き地のままに放っておかれた。

町々の裏手に面しているために、自然に低地、窪地になり、下水や雨水が流れ込んで水溜まりになっているところが多い。その後、会所地をつらぬく新道《しんみち》がつくられ、また稲荷社などが築かれるところもあったが、会所地の多くは空き地のままに捨ておかれた。

そのために会所地の多くは、町の人々のゴミの捨てどころとなり、はなはだしきは死人が投げ捨てられることがあったらしい。

さすがに死人が捨てられる例は、そんなに多くはなかったようであるが、牛馬や、犬ネコ、小鳥などの死骸がはばかりなしに放置され、ゴミも大量に捨てられた。

江戸にはこんな会所地が数えきれないほどある。ところによっては、鐘楼、土蔵などが建てられ、稲荷社が信心深い人たちを集める、そんな会所地もあったが、そのほとんどは汚水が溜まり、ゴミが積みあげられる空き地であったようだ。

この会所地から江戸の町を見ると、後世の人間が考えるそれとはまた違った顔を持つ江戸の町が浮かんでくる。町々の裏手に、汚水とゴミの空き地が点々とあり、それを新道がつないでいる。江戸の町は会所地に背を向けて築かれているから、これは文字どおり背後の空間だ。

表店は表店なりに、裏店は裏店なりに繁栄しているが、その繁栄の背後に、ゴミと汚水と死骸の空間が、暗い黄泉《よみ》国のように点在していることになる。

ここ神田には、神田堀の北側、新革屋町から元岩井町までのあいだに八カ所ならんで火除け空き地があり、例に洩れず、そのうちの何カ所は町内のゴミ捨て場にされている。

最近、大火があり、元岩井町が焼け、そのために何カ所かの会所地がつながってしまい、見わたすかぎりゴミと汚水の空き地が拡がっている、という無残なありさまになってしまった。

それらの会所地には鐘楼もなければ稲荷社もなく、ただゴミの汚臭がたちこめるなか、ゴボゴボと下水の流れ込んでくる音だけが聞こえている。動物の死骸がひっきりなしに捨てられるせいか、ときに暗いなかに鬼火のような燐光が浮かんで、気味の悪いことおびただしい。

ここはまさしく江戸のなかにある黄泉の国だった。

神田近辺の人たちも、昼間はともかく、夜には絶対にこの地に足を踏み入れようとはしない。

なにしろ、元岩井町の大火からこっち、この会所地には得体の知れないもの、ものゝけが出没するという噂があり、早くも会所怪談などと呼ばれるようになっている。

正直、できれば弓削重四郎もそんな場所に足を踏み入れるのは遠慮したいところなのだが、

「そうすげなくするもんじゃありませんぜ。なにもつきあいだ。まあ、ここはこの年寄りの顔をたてると思って、機嫌よくつきあっておくんなさい」

茗荷谷の藤吉にそう強引に誘われたのでは、これをむげに断るわけにもいかない。

藤吉は神田を縄張りにする岡っ引だから、たわいもない怪談話と思っても、これを見

過ごしにはできないのだろう。

それに、あの弓師備後と名乗った浪人者のいったことも、いくらか胸の片隅に引っかかっていた。

なんでも弓師備後と、弓削重四郎は、もともとは御弓組同心の家柄だそうで、江戸城の鬼門にあたる本郷に組屋敷を拝領し、日々、魔除けの弓を射るのをお役目にしていたらしい。

それが天海僧正が、やはり江戸城の鬼門にあたる上野に、幕府の祈願寺である寛永寺を築いたことでお役ごめんとなり、歳月の過ぎるうちに、弓削、弓師、両家ともお取りつぶしになって、その末裔である重四郎と備後は浪々の身となった。

重四郎は気楽な浪人暮らしを気にいっていて、このまま一生を終えられれば、それが何よりの幸せで、さしたる不満も感じてはいなかったのだが、どうもそういうわけにはいかなくなったらしい。

こともあろうに寛永寺が大火に焼失し、魔除けをうしなった江戸の町は、〝魔〟が跳梁するままになっているのだという。かつて御弓組同心として、魔除けをお役目にしていた弓削、弓師、両家の人間としては、これを放置するわけにはいかない……

と、まあ、備後はそういい、重四郎としては必ずしもその言葉を全面的に信じているわけではないのだが、いちがいに否定することもできずにいる。

というのも、このところ、なにかと妙な変事がやつぎばやに起きているのはまぎれもない事実だからだ。

――どちらにしろ、眉につばをつけて聞いたほうがよさそうだ。あの備後という浪人者、なにを考えているのか分かったものじゃねえ。

たしかに、魔除けに弓を引く、というのは例のない話ではない。現に、正月などには、江戸のそこかしこの大的場で、弓を射る行事がめでたくとり行われる。

備後のいうように、弓削、弓師の先祖が御手先組御弓組の御家人であるなら、江戸城の鬼門にあたる本郷に組屋敷をいただいて、魔除けの弓引きの神事を命ぜられたとしても不思議はないだろう。寛永寺が、幕府の祈願寺として、鬼門の方角を選んで建立されたのは、これはまぎれもなく歴史的な事実だ。

しかし、寛永寺が焼失し、御家人の御弓組が弓引きの神事を行わなかったからといって、〝魔〟が江戸に侵入してくるということがありうるのか？　いや、そもそも〝魔〟とはどんなものであるのか。

重四郎は半信半疑だ。半信半疑ながらも、もののけが跳梁すると聞いては、茗荷谷の藤吉に同行し、この会所地まで足を運んでこざるをえなかった。

それにしても、

「いや、親分、これは聞きしにまさる凄まじさだな」

重四郎は顔をしかめた。

重四郎の住んでいる裏長屋にも、ごみ溜、雪隠《せっちん》があり、汚くて臭いことでは他にひけをとらない。長梅雨にたたられて、どぶがあふれたときなどには、臭くて、ろくに息もできないほどだ。

が、この神田会所の汚さ、臭さは、それこそ想像を絶する。見わたすかぎり、延々とゴミの山がつらなり、いたるところで汚水が泡だっている。あちこちにイヌだのネコだのの死骸が放置され、それにウジがたかり、十月も末というのに、ハエがブンブンと群れている。

元岩井町が焼けてしまったために、それまで新道でつながっていただけの数カ所の会所地が、一面、荒野のようにつらなって、どこまでもゴミの山がうねっている。

神田の町ははるか遠くにあり、その家々のいずれもが空き地に背を向けているために、ほとんど灯火を見ることはできない。そのせいか江戸の、それも神田という繁華な地にありながら、この会所地は遠い地の果てにあるようにも感じられる。

「ねえ、ひでえものでしょう」

藤吉も顔をしかめている。年季の入った、ものに動じないはずの岡っ引が、さすがにこの臭いには閉口しているらしい。袖口で鼻と口をおさえている。


「あっしもつい近所に住んでいながら、これまで足を踏み入れたことはなかったが、これほどまでとは思いませんでした」

ふたりながら手にぶら提灯を携えているが、提灯のとぼしい明かりなどでは、とてもこの暗い荒れ地を見通せるものではない。屍が累々と横たわるように、闇に闇が重なって、どこまでも闇が拡がるばかりなのだ。

それでもふたりは提灯をかざして、しばらく会所地を歩きまわったが、

「親分、どうやら、もののけは出ないようだな」

やがて、重四郎は足をとめ、そうからかうような声をかけた。

「どうでたわいもない怪談話ですよ。あっしも最初《はな》からそんな話を信じているわけじゃ

ありません。ただ、そうはいっても、あっしの縄張り内のことですからね。御用の手前、放ってもおけません」

藤吉は苦笑しているようだ。袖口で口鼻をおさえているので、その声がくぐもって聞こえる。

「重四郎さんにはとんだ空足を踏ませて申し訳ないことをしました。こんな寒空に歩かせて空きっ腹で帰したんじゃ気の毒だ。お詫びのしるしといっては何ですが、帰りには、一ぱい熱いのを買わせてもらいますぜ」

「ありがてえ。剣菱、滝水を飲ませてもらえるなら、こんな安い面《つら》、どこにでも持っていくぜ。遠慮はいらねえ、これからもどんどんこき使ってくんねえ」

「さあ、この時刻だ。剣菱、滝水は難しいかもしれませんがね。そこそこの酒を飲ませる店ならまだやっておりましょう。どこか探してみることにしましょうよ」

藤吉は歩きだし、

「そうと決まったら、こんなところに長居は無用だ。なにしろ臭いがたまらねえ」

そのとき――

ふたりのまえにヌッと人影が立ちふさがったのだ。

まるで闇のなかから湧いて現れたかのようだ。それまで、まったく、その気配も感じさせなかった。よほど心得のある人物らしい。どこからともなく現れ、気がついたときにはもうそこに立っていた。

さすがに藤吉は驚きの声をあげるほどの醜態はさらさなかったが、

「な、なんでえ、おどかすねえ。おめえ、こんなところで何をしてるんだ？」

そう問いかけた声は、わずかにかすれているようだった。

「おぬしたちと同じことをしてるのさ」

相手の声には余裕がある。わずかに笑いが滲んでいるようだ。

「おれたちと同じこと？　なんでえ、ずいぶん乙《おつ》に気どった挨拶をしてくれるじゃねえか。おもしれえ。どんな顔でそんなことをいいやがる。面ァ、見せろ」

藤吉が提灯をかざした。

提灯の火明かりのなかにぼんやりと相手の姿が浮かびあがった。

そのときにはもう重四郎はその男が何者だか分かっていた。

「あんたとはどうも妙なところでばかり会うようだな」

そう声をかけた。

「魔除けの弓師、弓削の家の者がもののけの跳梁するという荒れ地で出会う。べつだんふしぎもなかろうさ」

と、弓師備後はそう答えた。

4

藤吉がけげんそうに、そんなふたりの顔を見くらべて、

「重四郎さん、こちらのお侍とはお知り合いなんですか」

そう問いかけてきた。

実際には、藤吉も、一、二度、弓師備後とは顔をあわせているのだが、ほんの短時間、ほとんどすれちがったような案配で、その顔をよく覚えてはいないのだろう。

ああ、と重四郎はうなずいて、

「妙な知り合いだ。一度、切られかかったことがあるよ」

「へえ、切りあいをなさったので？」

藤吉は重四郎の言葉を本気にとっていいかどうか迷っているらしい。

「お侍のことはあっしらにはわからねえ。勇ましく切りあいをなさって、腕は伯仲、それで肝胆あいてらす仲におなりなすったか」

「講釈師が喜びそうな話だが、あいにくのことに、おいら、そんな豪傑じゃねえ。この人にはかなわねえよ。切られそうになって、震えあがり、命ばかりはお助けを、と地べたに頭をこすりつけたやつさ」

「へえ?」

藤吉は目を瞬かせている。さぞかし何と返事をしていいのか弱っただろう。

ふたりの話をおもしろくもなさそうな顔で聞いていた備後は、

「そんなことより、どうだ? 近頃、このあたりにはもののけが出没するという噂を聞いている。なんでも鬼火が青く燃えるのが凄まじいということだ。ほっつき歩いて、羅生門の鬼の忘れた片腕ぐらいは、拾えたか」

「そんなものが見つかれば、御存じ山鯨のももんじ屋にでも持ち込んで、さっそく腹の足しにするところだが、いけねえよ、ここには何にもいねえらしい。お江戸は太平だ。あんたのいう〝魔〟とやらは、あいにくここにはいねえとさ」

重四郎が押し返すようにそういったそのとき——

闇のなかにひたひたと草履の音がして、

「そんなことはございますまい。ここは羅生門か、そうでなければ安達ガ原でございますよ。もののけが集って、何やらよからぬ談合をするところ、こんなことを申しあげては失礼ではございますが、ここでもののけが見つからぬのは、重四郎さまの探索が足りないからではありませんか」

そう明るい声が聞こえてきた。

「………」

藤吉が提灯をかざす。

が、その必要はなかったようだ。そこかしこで提灯に火がいれられ、あたりは月の光が射し込んだように、ぼんやりとした光に包まれた。いつのまに現れたのか、何人かの男たちが荒れ地に立っていた。いずれも屈強な体つきをした男たちだ。

いきなり重四郎に話しかけてきた男の姿も提灯の明かりのなかに浮かんだ。

そこにいるのは――

廻船問屋の阿波屋利兵衛だった。

「茗荷谷の親分、しばらくでした」

あいかわらず、その物腰はゆったりと柔らかで、若いながらも、いかにも大店《おおだな》の主らしい風格を感じさせる、その目が明るく澄んでいるのもいつもどおりだ。

「これは思いがけないところでお目にかかりました。こちらこそ、御用で忙しいのにとりまぎれて、つい御無沙汰をいたしました」

重四郎は如才なく、腰をかがめたが、その顔にはけげんな色が浮かんでいる。

「さしでがましいことをお聞きするようですが、どうして阿波屋の旦那ともあろうお方が、こんな遅くに、こんなところにいらっしゃるので？」

「これは恐れいった。さっそく、ご詮議《せんぎ》ですか」

利兵衛は明るく笑い声をあげた。

「阿波屋の旦那を相手にして詮議だなどとととんでもありません。そんなつもりは毛頭ございません」

藤吉はあくまでも腰が低い。が、そのいんぎんな口調のなかに、相手がどんなに大店の主でも、不審なことは晴らさずにはおかない、というしぶとさを感じさせた。

「無学な人間で、口のきき方を知りません。お気にさわりましたら、どうか勘弁のほどをお願いいたします。ただ、旦那のような方がおいでになるには、あまりにここが汚《きたな》らしい場所なんで、つい不思議に思っただけのことでして」

藤吉の疑問はもっともだが、重四郎にはそれより、利兵衛が備後と一緒にいることのほうが解せなかった。これまで、ふたりともついぞ、そんなそぶりは見せなかったが、それでは、このふたりは知り合いでもあったのか？

「なに、なんの不思議もないことですよ。そちらにいらっしゃる重四郎さんは、とうに御存じのことですが、わたしは廻船問屋をいとなむかたわら、塵芥請けおいの稼業もやらせていただいています。裏店のごみ溜、町家の大ごみ溜に集められたゴミを、塵芥請けおい船を仕立てて、埋めたて地まで運んでいるのでございますよ」

「阿波屋さんがですかえ？　へえ、そいつは知りませんでした」

藤吉は意外だったようだ。

これは誰もが意外に感じるだろう。阿波屋といえば、江戸でも一、二を争う廻船問屋なのだ。それが何を好きこのんで、塵芥請けおいの稼業までやらなければならないのか。塵芥請けおいの仕事がよほど儲かるのなら話はべつだが、実際には、小間割り一文、二文の、ほとんど手間賃仕事といっていい。

「本業のほうをおろそかにしていると思われても困ります。それで、あまり皆さんにはお話していないのですが」

利兵衛は澄ましてうなずいて、

「塵芥請けおいの鑑札もお上からいただいています。御存じのように、塵芥請けおいの稼業は利益《とせい》が薄い。半分は、江戸の皆さんに可愛がっていただいている恩返しのつもりで、やらせていただいています」

「それはご奇特なことで。さすがに一代で身代をお築きになられるお人は、どこか、あっしらとは出来が違うんですねえ」

藤吉は大仰に感心して見せたが、利兵衛が本気でいっているのではないように、藤吉も本気で感心しているわけではないだろう。

「それで、旦那はまたどうして、こんなところにいらしたんで？」

「このたび奉行所から、会所地に捨てられたるゴミを何とかするように、お達しをいただきましてね。悪臭はなはだしく、町の者が迷惑している。そのほう、何とかせよ……これをわたくしどもで処理をするようにとのお言いつけでございます。ははは、お奉行様にはかないません。処理するようにと一言でいわれましても、いやはや、これだけの量のゴミでございます。どうしたものか、ほとほとあぐね果てて、何はともあれ、実地検分にとまかり越した次第でございます」

「へえ、それはご苦労なことで。いや、あっしのような者が、お奉行所のお達しに何をとやかく申しあげるわけにもいきませんが、阿波屋さんもとんだ関わりあいでございましたねえ」

藤吉はあいかわらず大仰に同情して見せたが、必ずしも利兵衛の言葉を全面的には信用したわけではないはずだ。人がいいばかりでは岡っ引はつとまらない。ただ奉行所を持ちだされたのでは、かりにも岡っ引である藤吉が、これ以上、何を詮索するわけにもいかず、とりあえず矛《ほこ》をおさめる気になったのだろう。

利兵衛はふと口調を変えると、

「茗荷谷の親分さんにこんなことをいうのは何なんだが、わたしはこちらの重四郎さんにおりいってお話があります。なに、話はすぐに済みます。申し訳ありませんが、ちょっと遠慮してはもらえませんか」

「へえ、それはもう、そういうことでしたら――」

どこまで納得したものか、表向きはこころよく利兵衛の申し出を受けて、藤吉はあっさりと闇のなかに身をしりぞけた。

重四郎はそんな藤吉に声をかけて、

「親分、帰っちゃいやだよ。剣菱の匂いだけかがされて、おあずけを食らったんじゃ、今夜は酒欲しやで眠れねえ」

その言葉に利兵衛は苦笑したようだが、すぐにその顔を引きしめると、

「重四郎さん、つかぬことをおうかがいするようですが、あなた、九十九《くぐつ》というお方を御存じありませんか」

「くぐつ？　傀儡師《かいらいし》のことかえ。人形遣いなら広小路の大道芸で見たことがあるが」

「さあ、江戸の人間を人形に見立てて、おのれのことをくぐつと呼ばせているのかもしれません。それは、そうかもしれませんが、傀儡師、山猫まわしのことではない。江戸に百の稼業があれば、そのうちの九十九までは自分の息がかかっている。みずからそう豪語して、九十九と書いて、くぐつと呼ばせているお人のことなんですけどね。御存じありませんか」

「九十九と書いてくぐつ？」

重四郎は眉をひそめた。

「どうやら、おいらの傘張りは稼業の数には入っていないらしい。もっとも手間賃二百

貫文の奴傘を張っているんじゃ、その九十九とやらも本気で相手にする気にはなれねえだろうなあ。いや、あいにくだが、そんな九十九なんて名前のお人は知らねえよ」

「九十九は廻船問屋の組合にも力を持っているし、時鐘打ちにも息がかかっている。むろんのこと、塵芥請けおいの稼業にも顔がきくらしい。これが噂だが、泥棒や、ごろつきたちも、九十九がひとたびその気になれば、いいなりになって動くということですよ」

提灯のほの明かりのなかでも利兵衛が顔をしかめるのが分かった。いつも明るく澄んだ目をして、この世の仕組みなど突き抜けたような生き方をしているこの男には、めずらしい表情だった。

「それだけの力を持っていながら、九十九の顔を見きわめた人間はひとりもいない。いつもはこの世の裏にひそんでいて、正体を現そうとはしないが、何かことが起これば、底なし沼のあぶくのようにぷかりと浮かんでくるというんですがね。噂では、九十九はとうに百歳をこえた老人で、まかふしぎな幻術《めくらまし》をあやつるといいます」

「なんだなあ。阿波屋さんともあろうお人が、黄表紙じゃあるまいし、突拍子もないことをいうじゃねえか。まさか、そんなならちもない話を本気で信じていなさるわけではありますまい。そんな妖怪じみた人間が、真実、この世にいるわけがねえ」

「それがいるのさ」

それまで沈黙していた備後がボソリと口をはさんだ。

「おぬし、まさか、おれの話を忘れたわけではあるまいな」

「話？　さて、どんな話だったかな。なんでも寛永寺が焼けて、〝魔〟が江戸に入り込んでくるとかいうあの話か」

うむ、と備後はうなずいて、

「どうやらな、その九十九《くぐつ》とやらが、その〝魔〟であるらしいのだ」

5

「………」

重四郎はまじまじと備後の顔を見つめた。

備後はその沈鬱な表情を崩そうとはしない。いつも、ほとんど表情を変えるということのない男だが、このときも、内心で何を考えているのか、その顔つきから読みとることはできなかった。

「本気でそんなことを考えているのか」

重四郎はそう尋ねて、いや、とみずから首を振り、

「むろん本気だろうな。いつだって本気なんだから始末におえねえやな。おれはあんたのその目が嫌いだよ。少しは気楽にかまえることを覚えたらどうなんだ？　あんたのその目は人斬りの目だぜ」

「………」

備後の目の底でわずかに何かがそよいだようだった。感情が動いた。怒りか。いや、そうではないだろう。重四郎の言葉に怒ったのだとしたら、少しは可愛げもあるのだが、この備後という男にはそんな人間らしいところはかけらもないはずだ。

利兵衛が苦笑し、いけませんよ、とふたりのあいだに割って入った。

「重四郎さんらしくもない。なにも好んで喧嘩を売ることはありません。聞けば、おふたりともご先祖はおなじ御弓組の同心だというじゃありませんか。ここはひとつ、いがみあわずに、仲良くやっていただきたいものですね――」

利兵衛はあいかわらず鷹揚《おうよう》な口調でそういい、腰から煙管《きせる》と煙草入れを取った。煙管

に煙草をつめると、すかさず、背後に立っていた男のひとりが、提灯の火をさし出す。煙草に火を移し、うまそうに煙りを吐いて、

「おふたりの素性は弓師様からうかがって、だいたいは心得ているつもりです。いや、寛永寺が焼けて、魔物が江戸に入り込んでくるなんぞ、とんと黄表紙、草双紙のご趣向のようじゃありませんか。おもしろいといっては何ですが、わたしは近頃、こんなおもしろい話は聞いたことがない」

「……………」

重四郎はあらためて利兵衛の顔を見た。

考えてみれば、この男ぐらい、得体の知れない人間はいない。わざわざ舟を沈めて、時鐘を奪うかと思えば、かんかん踊りに襲われた重四郎を助けてくれたりもする。敵なのか味方なのか？　そもそも何か意図することがあってやっていることなのか、それともたんに気まぐれからなのか？　この利兵衛という男だけはまったく正体がつかめない。

利兵衛は勘のするどい男だ。また、そうでなければ、その若さで、阿波屋ほどの大身代を切りまわしてはいけないだろう。重四郎の疑問を、そのするどい勘ですばやく感じとったらしく、ニヤリと笑うと、

「以前に申しあげたことがありませんでしたかな。わたしにはこの世の仕組みというやつがなんとも窮屈に思えてならない。なにやら、すべてがまやかしに思えて仕方がないんですよ。この世のがんじがらめの約束事を、きれいさっぱりぶち壊し、大の字になって昼寝をすれば、さぞかし気持ちがいいだろう。考えるのはただそのことばかりでしてね」

「ああ、その話は聞かせてもらった。だけど、うなずけねえよ、阿波屋さん。この世の仕組みをぶち壊したい、とそう願うんだったら、寛永寺が焼けて、〝魔〟が入り込んでくるのは、むしろ、阿波屋さんにとってはもっけの幸いなんじゃないか。この世は乱れる。約束事がすべて壊れることになるんだぜ」

重四郎はそこで苦笑して、

「とはいっても、おれはもうひとつ、この話を信じきれずにいるんだがね。いや、こんな話、たやすく信じられるはずがねえ。阿波屋さんじゃねえが、この話にもどこかまやかしがある、おれはそう考えるんだがね」

「おれの話が信じられぬというのか」

備後の声は低かった。その声には緊張が感じられず、体のどこにも力が入っていない。

しかし、この男は両国広小路で居合抜きを見せ、歯磨きを売るのをなりわいにしていて、たんに稼業の手段というばかりでなく、現実に、居合抜きの名人でもあるのだ。体に力が入っていないからといって、いつ、その剣が鞘走らないともかぎらない。

「そんな怖い顔をするもんじゃない。子供が夜泣きしそうな顔だぜ」

重四郎は備後をいなして、

「なにも備後さん、あんたが嘘をついてるとそういってるんじゃねえ。あんたは、真実、自分の知っていることを話しているんだろうよ。そうではなくて、この話そのものにまやかしがあるんじゃねえか、おれはそういっているんだよ」

「……………」

「大体、備後さん、あんた、この話をどこでお聞きなさった？　気を悪くされると困るんだが、あんたにしたって、おれとおつかつの貧乏浪人のはずじゃねえか。暮らしの底は知れてらあな。その貧乏浪人が、まさかのことに、一族相伝の書だの、系図だのの持ちあわせはあるめえに、なんで先祖の素性なんかを知ることができたのかね？」

一瞬、備後は黙り込んだが、

「知ってのとおり、おれは両国広小路で居合抜きをやって、歯磨きを売っている。ほんの子供のころから、血を吐くほど、居合の稽古を重ねてきたが、芸は身を助ける、とはよくいったもんだ。おかげで何とか歯磨きを売って暮らしをしのぐことができた」

自嘲するような口調ではない。ただたんに事実を述べているにすぎない。

「それがある日、両国で、傀儡師《かいらいし》の老人に呼びとめられた。その老人におれの素性だの、そのうちに寛永寺が焼けるだろう、などということを教えられたのだ。もうひとり、おれと似た素性の浪人がいるだろうから、いまのうちにその男を探しだしたほうがいい、そうもいわれた。おそらく、その浪人は傘張りの内職をしているだろう、ともな。おれは半信半疑だったが、ほんとうに寛永寺が焼け落ちたのを知って、その老人の言葉を信じる気になった。信じざるをえないだろう。それからだよ。おれが本気でおぬしのことを探しだしたのは——」

「……………」

「じつは、以前、弓師様にはあることで用心棒をしていただいたことがありましてね。そんなことから、わたしたちは知り合いだったんですよ。こんな廻船問屋などという稼業をしているから、わたしは顔が広いはずだ、弓師様はそうお思いになられたんでしょう。どうやって、ご自分と似た素性の浪人を探しだしたらいいか、その相談を持ちかけてくださったんです」

利兵衛が備後の話を引き継いで、

「さっきも申しあげたように、わたしは臍の緒を切って、オギャアとこの世に生まれ落ちて以来、こんなおもしろい話を聞いたことがない。すっかり熱が入りましてね。あれこれと相談に乗ってさしあげた。おかげで、重四郎さん、あなたという人を見つけだすことができた――」

「そうか。備後さんにスッパ抜きをやらせたのは、阿波屋さん、あんただったのか。むごいことをするじゃねえか。備後さんに斬りかかられたんじゃ、まず、たいていの浪人者はかなわない。何人かの浪人者が無残に死ぬことになった」

重四郎は顔をしかめ、

「常磐津の師匠、文字若は、だれか恩ある人に頼まれて、備後さんと組んでの一芝居をやらかした、とそういった。そのだれか恩ある人とは、何のことはねえ、阿波屋さん、あんたのことだったんだな」

「なに、恩があるだの何だの、そんな話じゃありませんよ。変に気をまわして考えられたんじゃ、師匠がかわいそうだ。以前、たちの悪い地回りにからまれて難儀していたところを口をきいてあげただけでしてね。師匠は御存じのとおりあの器量だ。そこを見込んで、芝居をうってもらったんだが、おかげで重四郎さん、あなたという人を見つけることができた」

「それで大体の筋はのみ込めたよ。出来のよくねえ狂言だが、おいらが役者に混じっていたんじゃ、それもやむをえないだろう。話を聞いたところじゃ、どうも、その広小路の傀儡師とかが九十九《くぐつ》らしいじゃねえか」

「どうもそのようですな」

「分からねえのは、どうして、その九十九とやらが、おれを探しだすのを備後さんに勧めたかということだ」

重四郎は首をかしげ、

「備後さんにいわせれば、その九十九とやらが、〝魔〟そのものであるらしい。おれたちと〝魔〟はいわば敵同志にあたるわけだ。それなのに、なんでわざわざ備後さんに、その敵を探しださせるなどと、そんな面倒なことをやらせたのかな。なんとも理にあわねえ話に思えるんだがね、おれには」

「九十九はしょせんこの世の者じゃない。いってみれば妖怪のたぐいですよ」

利兵衛は唇を歪めると、

「妖怪が何をたくらんで、何を考えているものやら、そんなことがわたしたち人間に分かる道理がありませんよ」

それをいい終えるか終えないうちのことだった。フッと提灯の火が消え――

ふいに闇のなかに笑い声が聞こえてきたのだった。

陰にこもって、しゃがれた、それこそ妖怪の声としか思えない笑い声が。

6

「じ、重四郎さん！」

藤吉がそう悲鳴のような声をあげた。

利兵衛の手下たちの提灯が、一瞬、花火のようにあかあかと燃えあがる。明るく燃えあがり、フッと消える。

提灯が消えるのと同時に、それを持っている男たちも、次から次に崩折れていく。まるで命の火も提灯の火と一緒に燃えつきてしまうかのように。男たちは声もあげずに倒れていくのだ。倒れ、そしてもうピクリとも動かなくなる。おそらく死んだ。

こんなに人間があっけなく死んでしまっていいものか。目に見えない死神が、闇から闇にふわふわと舞って、男たちの首筋にソッとその冷たい指先を触れる。それだけでもう男たちは死んでしまう。

いずれも屈強な体つきをした五、六人の男たちが、全員、死んでしまうまでに、おそらく一分とは要さなかったろう。何も見えず、何も起こらなかった。それなのに男たちだけが死んでしまった。

提灯の火が消えていき、やがて、重四郎と藤吉の持っている明かりだけが残った。

「こ、これはどうしたことだ」

さしもの豪胆な阿波屋利兵衛も、ただあっけにとられるばかりで、なすすべもなく、その場に立ちすくんでいる。

目に見えない敵が相手では、備後の居合抜きの手練をもってしても、どうすることもできない。ましてや、脇差し一振りを腰に落とし込んでいるだけの重四郎、ただ呆然とするばかりで、全身がしびれたようになってしまっている。

また闇のなかに笑い声が起こった。陰々と荒れ地に尾を曳いて響いた。木枯らしが骨を擦りあわせているような笑い声だ。

そこかしこにボッと青い火が浮かんだ。青い火はゆらゆらと揺れて、闇のなかに漂い、冷たい燐光のように滲んでいる。これが鬼火か。

鬼火のなかにボウと人間の姿が浮かびあがってきた。

首を低くうなだれるようにして、地面にすわり込んでいる。派手な縫い取りの袖なし羽織に、無紋の藍色の着物、緋縮緬の頭巾をかぶり、まえに小袖櫃を置いている。大道芸人の傀儡師だ。

阿波屋利兵衛、と傀儡師はそうしゃがれた声で呼びかけてきた。

「廻船問屋をあきない、塵芥請けおいの稼業もやりこなす。そのいずれもなかなかの繁盛ぶりだ。いや、よくやった。誉めてやろう。うぬの仕事はこれまでよ。ゆるりと休むがよい。これからはわしがうぬの稼業を引き継いでやるわい」

「な、何をむしのいいことを——」

いつもは冷静な利兵衛だが、さすがにその言葉だけは腹に据えかねたようだ。めずらしく、その声を荒げると、

「おまえさんはたしかに百の稼業のうち九十九《くぐっ》を仕切る九十九《くぐっ》かもしれない。だけど、わたしの商いには手を出させないよ。いや、手を出させるどころか、わたしはおまえさんのような化け物が江戸にしゃしゃり出てくるのが我慢がならない。九十九だか何だか知らないが、おまえさんにはいますぐに消えてもらおうじゃないか」

しかし、せっかくの利兵衛の啖呵も、むなしく闇に吸い込まれ、余韻さえ残そうとしなかった。はたして九十九がその言葉を耳に入れたかどうかさえ分からない。

「弓師備後、よく、弓削重四郎を見つけだしてくれた。うぬもまずは誉めてやろう」

九十九はまずそう備後に声をかけてから、やおら重四郎のほうに顔を向けると、

「重四郎、うぬはわしの可愛い手下どもを何人も葬ってくれた。憎んでも飽きたりぬ相手ではあるが、たかが知れた人の力でそうまでわしに逆らったかと思うと、そのけなげさがいっそ愛《いと》しくも思われる。さすがはわしの見込んだ男だけのことはある。いや、よくやった。とりあえずはうぬも誉めてやろう」

「おまえの手下？」

一瞬、重四郎は九十九が何をいっているのか分からなかったが、すぐにそれが菊村に入り込んだ小女や、あのかんかん踊りの男たちのことを指しているのだ、ということに

気がついた。それでは、この九十九が、これまでの妖異な事件の数々を、すべて裏からあやつっていたというのか。

「な、なぜだ。おまえは何をたくらんで、菊村のお節さんを伏鐘の下に閉じ込めたり、妙なかんかん踊りを繰り出したりしたというんだ？」

重四郎はそう尋ねたが、その声もやはりむなしく闇のなかに消えただけだった。

「うぬたちはしょせんはわしの手駒にすぎぬのだ。これまでは、わしの思うがままに、よく盤のうえを動いてくれた。哀れやな、これからも、うぬたちはわしの手駒となって盤のうえを動きまわるしかないのだ。それだけはよく肝にめいじて覚えておくがよかろう」

九十九《つくも》はまた笑い声をあげた。

その笑い声に鬼火が揺れた。揺れて、動きを速め、しだいにグルグルと回りだした。いつしか、それが青い渦となり、めまいをするように回転をつづけた。九十九の笑い声とその渦巻きとが一体となって、何もかもがグルグルと回転しているかのようだった。

気がついたときには、もう鬼火は消え、九十九の姿も消えてしまっていた。

どうすることもできない。

男たちは夢でも見たかのような呆然とした面持ちで、ただ、その場に立ちすくんでいるだけだった。

「い、いまのは何だったんです？　あの傀儡師は何なんです？　あれが会所地に出るというもののけなんですかえ」

藤吉が悩乱したような声で、そう問いかけてきたが、すぐには誰もそれに返事をしようとする者はいなかった。

やがて、重四郎がボソリと答えた。

「そうなのさ、親分。あれが会所地のもののけ、九十九なんだ」

そして、その九十九こそ、おそらく重四郎が死力を振りしぼって戦うことになる最後の敵であるはずだった。

永代築地芥改《ごみあらた》め

1

阿波屋利兵衛は深川の砂村に寮をかまえている。
寮には茶室がしつらえられ、しばしば、この茶室に人を招く。
このころ、旧暦の十月から十一月にかけては、炉開きの時季とされていた。
茶人の家では、新茶の壺の口を切る、いわゆる口切りの茶会がもよおされる。

十月　炉開　茶人今日より風呂をとり入れて炉をひらき、宇治の茶師につめさせたる茶壺をひらきて客を招くを、口切りの茶の湯とて、身のほど、年のころにつれて、茶器の組み合わせ、料理の献立など、茶学の浅深みゆるものなり。

当時の書にはそう記されている。

阿波屋利兵衛は、かねてより、弓削重四郎を介して、時鐘打ちのおよその徳兵衛と会うのを望んでいた。

なにしろ利兵衛は、上野の時鐘を盗んで、わがものにしたほどで、時鐘には異常な興味を持っているようなのだ。いや、時鐘というより、江戸の暮らしを運んでいる〝時間〟そのものに興味を持っている、といったほうがいいかもしれない。

利兵衛は、常日頃から、この世のことわり、どんな約束事も我慢がならない、と豪語している人物である。

廻船問屋の稼業の裏で、長崎からの抜け荷なども働いているらしいが、どうやら、それも利を求めるというより、持ちまえの反骨心からやっていることであるらしい。

そのことを考えれば、江戸の時刻を律する時鐘に興味を持つのは、なんだか理屈にあわないようではあるが、しょせん、この利兵衛という男は、単純な重四郎に理解できるような人物ではないらしい。

利兵衛は、徳兵衛を口切りの茶会に招いたが、そのときに、

「どうぞ重四郎さんもご一緒にいらしてください。徳兵衛さんとわたしとは面識がな

い。なんでも徳兵衛さんはだいぶ頑固なお人らしい。徳兵衛さんおひとりでは来ていただけないかもしれませんからね」

そう釘をさされている。

重四郎は、かた苦しい茶会に同席するのなど遠慮したいほうだが、これまでの関わりあいもあって、むげにその誘いを断るわけにもいかない。

気が進まないながら、徳兵衛に同行することになった。

深川砂村には船で大川から小名木川をたどるのが便がいい。

さすがに利兵衛は、こういうところにはそつがなく、築地小田原町の船宿に屋根船を用意してくれた。

重四郎は空を見あげると、

「なんだかぼろついてきたようだぜ。徳兵衛さん」

顔をしかめた。

「しぐれでしょうよ。今年は降り年なんでしょう。何かというと雨が降る」

徳兵衛も憂鬱げに顔をしかめると、

「風流人にはしぐれの口切りもけっこうなものなんだろうがね。わたしはどうもあらたまった席が苦手でしてね。茶会など肩が凝っていけませんよ」

もっとも、徳兵衛は茶会に呼ばれたからといって、あらたまった身なりをととのえるような可愛げのある老人ではない。

いつもながらに、安物の古着を何枚も着込んで、風邪っぴきの貧乏神のように着膨れをしている。

もっとも、それをいうなら、重四郎もおなじで、あいかわらず剥げちょろ鞘の脇差しを一振り、腰に落とし込んだだけの、絵に描いたような貧乏浪人だ。

こんなふたりが、船宿の屋根船におさまっている姿は、どうにもさまにならないが、どうせ、そんなことを気にする殊勝なふたりではない。

船頭はもういい歳《とし》だが、さすがに築地でも名の通った船宿で働いているだけあって、船のあつかいに危なげがない。

雨が降りだしても、屋根をたたく音でそれと知れるだけで、船はほとんど揺れもしなかった。

大川筋から、万年橋、高橋を越えて、小名木川筋に入る。

そのころにはしぐれも本降りになり、川筋の柳に細かい雨がはらはらと打って、その葉をはかなげに揺らしていた。

どんよりと朝の曇天をうつした川面に、水すましが泳ぐように、雨が波紋をえがいている。

徳兵衛はそんな小名木川の景色をぼんやりと見ている。ふだんは元気のいい老人だが、どうしたわけか、その表情からはいつもの精彩が感じられないようだ。

なんとはなしに、それが気にかかって、

「あいにくの空模様だ。こう雨もよいがつづくのでは、徳兵衛さんのご道楽にもさわるのではないかな。せっかくの徳兵衛さんご自慢の天文台が泣こうというものだ」

重四郎はそう声をかけた。

「天文台……」

徳兵衛は川に目を向けたまま、

「いや、このところ、天文台にもとんとのぼらなくなりました。星を見なくなった。どうやらわたしも老いぼれたらしい。すっかりしっこしがなくなって、なにをするのも億《おっ》劫《くう》になってしまいましたよ」

「……」

　重四郎はけげんな思いで、あらためて徳兵衛の顔を見た。

　――妙だな。

　徳兵衛にはおよそこんな枯れたせりふは似あわない。どちらかというと毒気の多い、何事もずけずけと口にするような、そんな老人だったはずなのだ。

「何かあったのかえ。どうも気分がすぐれないようだが」

　重四郎はそう尋ねたが、

「べつに」

　徳兵衛はそっぽを向いたきりだ。こんなところは、やはり頑固で、意地っぱりのおよその徳兵衛だった。

　もっとも、こんなことで怯《ひる》んだりする重四郎ではない。先祖代々の浪人暮らしで人間がずうずうしくできている。

「なんだなあ、徳兵衛さん、ずいぶんと水っぽいじゃねえか。覚えていなさるか。初めて会ったとき、あんたはおれのことを鐘請負人の仲間のような人だ、とそういってくれたじゃねえか。いずれはあんたたちの味方になる人間だとそういったんだぜ。その味方にそんなつれない挨拶はなかろうぜ」

「あのときには、真実、そう考えていたんだがねえ」

徳兵衛は複雑な表情になって、

「いまでは、だれが味方なのやら敵なのやら、どうにもそれが分からなくなってしまったのですよ」

「いやだな、徳兵衛さん、怒るぜ。おれはあんたの味方のつもりでいる」

「いや、重四郎さん、何もあんたがわたしにあだをする、などと考えているわけじゃありませんよ。そうじゃない。これがどうも、とんだ勘違いをひく三味線でね」

「勘違い？」

重四郎は眉をひそめた。

「わからねえなあ。何を勘違いをしたというんだえ」

「わたしの家は何代もつづいた鐘請負人の家系でね。わたしも、もの心がついたときには、もう親父の手伝いをして、時鐘をついていた。時鐘打ちは江戸の〝時間〟をあずかる大切な仕事だと、そう耳にたこができるほど聞かされて育ったもんですよ」

徳兵衛の表情は暗い。

「わたしの家には妙ないい伝えが残っていましてね。寛永寺が焼けたときには〝時間〟が狂う、というんですよ。寛永寺が焼けたときには御手先組御弓同心を頼れ、そうもいい伝えられている。御弓同心は〝魔〟を打ち払うのが役目、かならずや、狂った〝時間〟も元どおりにしてくれるだろう――そんないい伝えなんですがね」

「……………」

「そんなことから、昔、鐘請負人たちは、万が一を考えて、盆暮れのつけ届けを絶やさずに御弓同心のお家とは親しくしていただいていたらしい。なにしろ〝時間〟が狂っては大変ですからね」

「こいつはおどろいた。御弓同心と鐘請負人とのあいだには、そんな関わりあいがあったのか」

「いつのころか、御弓同心の家がお取りつぶしになってからは、世間をはばかって、その交誼もとだえてしまったらしいんですがね。なに、それも表向けだけのことで、鐘請負人のほうでは、御弓同心の血筋をひく者がどこでどうしているのか、それを確かめておくことだけは忘れなかった」

「なるほど、それで読めたよ、徳兵衛さん。あんたはおれが御弓同心の血筋の人間だとあらかじめ心得ていたわけだ。寛永寺が本当に焼けてしまったんで、おれのまえに顔を出したというわけか。どうも御弓同心とやらは忙しくていけねえ。やれ〝魔〟を追い払うだの、狂った〝時間〟をなおせだの、おれにはどうも荷が重すぎるようだぜ」

重四郎は苦笑した。

「だからさ、それがどうも、とんだ勘違いをひく三味線だったらしい、とわたしはそういうんだよ」

徳兵衛が苦い口調になって、

「重四郎さん、あんた、くぐつ、という名の魔物のことを聞いたことがおありか」

「九十九《くぐつ》……」

重四郎は顔をあげた。

聞いたことがあるかどころではない。九十九とは、つい先日、神田の会所地で顔をあわせたばかりだ。

そのときのことを思いだし、重四郎は顔から血の気がひくのを覚えた。

九十九は、江戸の百の稼業のうち、その九十九までを差配しているといわれる〝魔物〟だ。じつにとんでもない化け物で、行燈の火をかき消すように、あっという間に、数人の屈強な男たちを殺してしまった。

「九十九がどうかしたのか。徳兵衛さん、まさか時鐘打ちも九十九に支配されているんじゃ……」

重四郎がそう尋ねようとしたとき——

しぐれが川をうつ水音のなかに櫓をこぐ音が聞こえてきたのだ。

それも一隻や二隻ではないらしい。

ぎぃぎぃ、と櫓をこぐ音が近づいてきて、やがて、雨のなかにぼんやりと何隻もの猪《ちょ》牙舟《きぶね》が浮かんだ。

妙な連中が乗っていた。

黒漆塗りの笠を被り、これもやはり黒漆の桐油（雨合羽）をすっぽりと着込んで、不吉な茸のように、黙々と雨にうたれている。いずれも大小をたばさんでいるところを見ると、侍らしいが、なんとも得体の知れない連中だった。

「塵芥《ごもく》改め——」

徳兵衛が喉の底で妙な声をあげた。

「ごもく改め？」

なかったのかと、重四郎は男たちを見つめた。

塵芥改めは、日々、江戸市中から出されるごみが、途中の堀や川で捨てられるようなことがないか、それを監視する仕事を指していう。

もともとは、元禄年間、永代浦や越中島を造成するために、新田造成の請負人たちが命ぜられた仕事であるらしいが、いまの塵芥改めがどうなっているのか、それは重四郎も知らない。

黒々とした茸のひとりが船のなかから声をかけてきた。

「お迎えにあがった。これよりさきは、われら塵芥改めが、阿波屋利兵衛さまのもとに案内いたす」

——どうして塵芥改めが、利兵衛のために働いているのか？

その疑問はもちろんだが、それよりもその陰々とした声に、なにか不吉な思いに誘われ、重四郎はとっさに返事をすることができなかった。

2

　さすがに江戸随一の豪商をうたわれるだけあって、利兵衛の寮は広大な敷地を擁している。

　小名木川に面して、雁木《がんぎ》がもうけられ、客は、川からすぐに敷地に入れる造りになっている。

　もっとも、敷地こそ広大だが、寮や庭の造りは、ごく質素なもので、そうと聞かされなければ、これが阿波屋利兵衛の寮だとは見えないかもしれない。

　利兵衛という男には妙なところがあり、抜け荷からごみの運搬まで、手広く商いを拡げながら、それほど富には執着していないようだ。

　塵芥改めの猪牙舟に送られ、寮に着いたときにも、まだ、しぐれが降っていた。

　すこし歩いてから、重四郎は小名木川のほうを振り返った。

　しとしとと降りしきるしぐれが、川をぼんやりと灰色に塗りこめている。そのなかに、猪牙舟に乗った塵芥改めの男たちが冷えびえと浮かんでいる。

　どうやら男たちは重四郎たちをジッと凝視しているらしい。その視線に、ふと肌寒いものを感じて、重四郎はわれ知らず身震いを覚えた。

　寮には入らずに、すぐに茶室のほうに案内された。

茶室の庭は露地と呼ばれる。

枝折戸の門に、竹垣をめぐらせ、うっそうと茂った木々が、深山のおもむきをかもしだしている。

その門のところに、弓師備後がうっそりと立っていた。

この男が無表情なのはいつものことだ。重四郎たちの姿を見ても、笑いかけるどころか、眉ひとつ動かそうとしない。

重四郎が、

「やあ、あんたもいよいよ阿波屋さんの用心棒になったのかえ。こんなしぐれのなかをご苦労なことだ」

そう人なつっこく声をかけても、返事をするでもなく、ただむっつりと露地笠をさし出しただけだ。

その露地笠をかぶり、露地下駄に穿きかえる。露地笠は竹皮製で、緒がついていない。笠を頭にかざして、露地を進んでいく。

竹垣の外からではよく分からないが、露地のなかはかなりの広さだ。

無造作に木々を茂るにまかせているように見え、そのじつ、枝の一本一本、その葉の剪定にまで、心憎いばかりの気配りがなされている。

この庭の造作を見ただけでも、阿波屋利兵衛がたんに利を求めるだけの商人ではないことが察せられる。

備後はむっつりと黙り込んだまま、すこし離れて、ふたりのあとをついてくる。

池がある。

そんなに大きな池ではないが、睡蓮と藻を浮かべたなかに、緋鯉がゆっくりと泳いでいるのが見える。

「……………」

徳兵衛がその池のほとりに足をとめた。

そのまま、いっこうに動こうとしない。どうやら鯉を見ているらしい。その視線が妙に真剣で、なにやら思いつめているような表情がうかがえる。

「どうかしたのかね、徳兵衛さん」

重四郎が声をかけた。

徳兵衛は顔をあげた。重四郎を見たが、その表情がぼんやりと虚ろで、なんだか重四郎ではなく、ほかの何かを見ているようにも感じられた。

「疲れていなさるね、徳兵衛さん、顔色が優れないようだ」

重四郎は自然にいたわるような口調になっている。

「いや、疲れてはいませんよ。疲れてなんかはいないが……」

徳兵衛は目を伏せて、口ごもり、また、その視線を向けた。

「ねえ、重四郎さん、妙な話なんだが、あんた、こんなふうに、考えたことはないかな」

「………」

「いや、ほんとうに妙な話なんだが、わたしたち人間は、池の鯉のようなものだって、そんなことを考えたことはないかね」

「池の鯉？　だしぬけに妙なことをいいなさる」

重四郎は眉をひそめた。

「あいにく、わたしは血のめぐりが悪いんでね。謎坊主でもあるまいし、やぶからぼうにそんな謎をかけられても、ただ面くらうばかりだよ」

「わたしの家では先祖代々、時鐘打ちをつとめてきた。阿波屋さんにしたところで、江戸の塵芥を引きうけて、せっせとそれを越中島に運んでいなさるらしい。重四郎さん、あんたの御弓組同心のお役目にしてもそうだ。寛永寺の肩代わりをして、魔除けをしなければならないという。何のことはない。わたしたちはみんな、この江戸という町を、つつがなく運んでいくための荷車のようなものじゃありませんか」

「先祖が御弓組同心だろうが何だろうが、おれの知ったことじゃねえわさ。おれはもともと自由ッくうに生きてきた貧乏人だ。しょせん、おれには江戸の魔除けなんぞは任が重すぎらあ。九十九《くぐっ》なんて化け物とやりあうのはごめんだよ。めだかじゃあるめえし、そんなに手軽く江戸が救えるものかよ」

「重四郎さんはそうおっしゃいます。そうはおっしゃいますが、これも前世からのさだめというものではありませんかな。わたしは時を打つ。阿波屋さんは塵芥を始末する。重四郎さんは〝魔〟を追いはらう――」

　池を覗き込んでいる徳兵衛の表情はこのうえもなく暗かった。

「それもこれも、この池のようにちっぽけな江戸の町をまもっていくためだと思うと、なにやら自分があわれで、うんざりしてきますよ」

　けげんに思った重四郎が、

「徳兵衛さん、あんた、なにか知っていなさるのかえ」

そう徳兵衛の顔を覗き込んだとき、重四郎よ、と備後が声をかけてきた。

「おぬしには待合のほうで待ってもらう。利兵衛は徳兵衛とふたりきりで話がしたいそうだ。茶室に入るのは徳兵衛だけだ」

3

待合は、檜皮葺《ひわだぶ》きの屋根に、壁三方を吹き抜きにし、腰掛けが配されている。いかにも山家ふうというか、ひき臼があり、手あぶりがあり、壁の竹筒には無造作にススキが投げ入れられている。

どうやら阿波屋利兵衛の風流の趣味は本物らしい。

待合から茶室までは、点々と飛石がつづいて、これもいかにもさりげなく手水鉢、湯桶石、手燭石などが配され、何からなにまでほどがいい。

重四郎は、もともとのんきな若者で、無為に時を過ごすのが苦にならない性分だ。

手あぶりで暖をとりながら、ぼんやりと檜皮葺きの屋根をたたくしぐれの音を聞いている。

池から水を引いているらしく、ときおり、鹿《しし》おどしの澄んだ響きが、コーン、と聞こえてきた。

――わたしにはこの世の仕組みというやつがなんとも窮屈に思えてならない。なにやら、すべてがまやかしに思えて仕方がないんですよ。この世のがんじがらめの約束事を、きれいさっぱりぶち壊し、大の字になって昼寝をすれば、さぞかし気持ちがいいだろう。考えるのは、ただそのことばかりでしてね。

ふと利兵衛の言葉を思いだした。

この世の仕組みが我慢できない、と称している利兵衛が、しかし、いったん風流事となると、こうしてその約束事に忠実にしたがうことになる。どうやら人間というやつは、どこまでいっても、この世の約束事にがんじがらめになって生きるしかすべのない生き物であるらしい。

阿波屋利兵衛と、およその徳兵衛――

考えてみれば、このふたりは稼業も違い、また人間としての肌あいもひどく異なるが、その口に出す言葉には共通するところが少なくないようだ。

徳兵衛は人間をちっぽけな池の鯉にたとえて話した。前世からのさだめ、というような言い方をしたが、重四郎も、利兵衛も、徳兵衛自身も、しょせんは江戸の町をつつがなく運んでいくための荷車のようなものではないか、とそう自嘲した。

利兵衛も、徳兵衛も、この世の仕組みと、そのことわりのなかで生きている自分に、疑問をいだいていているらしい。

——御手先組御弓組同心か。

手あぶりの炭火に手をかざしながら、重四郎はふと胸のなかでつぶやいた。

先祖が何であろうと自分の知ったことではない。おれは勝手気ままに生きてきた貧乏人だ……そうはいってみたものの、どうもことの成りゆきが、それを許さなくなってきているらしい。

次から次に妙な事件に巻き込まれ、ついには九十九《くぐっ》などという化け物を相手にしなければならなくなった。その気もないのに、いやおうなしに、江戸に侵入しようとする〝魔〟を追い払わなければならない仕儀にいたったようだ。

利兵衛はこの世の中にはからくりがあるといい、徳兵衛は、人間はみんな池の鯉のようなものだという。

それが、この世の仕組みにがんじがらめに縛られているせいか、それとも前世からのさだめのせいか？　重四郎もまた見えない糸にあやつられ、不本意な生き方を強いられることになったらしい。

――なんだなあ、おれらしくもねえ。

重四郎はそう自嘲せざるをえない。

しぐれがしとしとと降りつづける。ずいぶん落ち着いた降り方で、このぶんでは、当分やみそうにない。

そのひそやかな雨音が、かえって露地の静けさをきわだたせ、はるかな天地に、たったひとりで身を置いているような、妙にしんとした気持ちにさせられてしまう。

重四郎はもの思いにふけりながら、ぼんやりと視線を露地にさまよわせていた。

その視界を、ちらり、と何か茶色いものがかすめた。

――おや、ネコか。

重四郎は自分でもそうとは意識せずに、そちらのほうに視線を走らせた。

いや、ネコではないらしい。ネコにしては大きすぎるようだ。狆《ちん》ほどの大きさがあり、後ろ二本足でヌッと立って、重四郎の様子をうかがっている。山猫か、イタチ、なんでもそんなものであるらしい。

あまり江戸では見かけない妙な生き物だった。

もっとも、その妙な生き物を目のあたりにしながら、べつだん、そのことを不思議にも感じずにいる、そのときの重四郎の心持ちのほうが、もっと妙だといえばいえないこともない。

こーん

と鹿おどしの音が響いた。

その音にあわせて、その生き物が後ろ足でヒョイと飛んだ。

どうしたわけか、こーん、こーん、と鹿おどしの音がつづけざまに鳴って、その音にあわせ、生き物は跳ねつづける。

その後ろ足で跳ねるさま、前足の振りが、まるで踊りを見るかのようで、えもいわれず、おもしろい。

——こいつはおもしれえ。

重四郎はその踊りから目を離せなくなってしまった。

両国の見せ物小屋にしゃみにあわせて踊るネコがいると聞いたことがあるが、こいつもそのくちか。

鹿おどしが鳴る。ヒョイヒョイと生き物が踊る……

重四郎はそれを夢中になって見ている。瞼がとろんと重く垂れさがり、カスミがかかったように、意識がすっかりかすんでしまっている。

そのかすんだ意識のなかで、

――そういえば、傀儡師は山猫まわしとも呼ばれているらしい。なんでも首から小袖櫃をつるして、そのなかで山猫を飼っている、と聞いたことがあった。

かろうじて、そのことを思いだしたのだから、さすがに重四郎はただの傘張り浪人ではない。

考えてしたことではない。考えたのではとてもそんなことはできなかったろう。

反射的に手が動いていた。手あぶりのなかに手を突っ込んで、真っ赤に熾った炭火をつかんだ。ジュッ、と音がして、掌にするどい火傷の痛みが走った。

このとっさの場合にも、火にさらしたのは左手で、残る右手はすばやく脇差しの柄をつかんでいる。

「あッう」

一瞬のうちに、意識が鮮明になる。火傷をした掌を口に当てる。

そのときには脇差しを鞘走らせ、その刀尖を、ピタリ、と目のまえにすわっている男の喉元に突きつけていた。

「化けをあらわしねえ、九十九《くぐつ》、いささか悪酒落がすぎるんじゃねえか」

重四郎の声は凄いほど静かだった。

「箱根から東に化け物はいねえはずだぜ。てめえのような化け物は箱根の御関所で通さぬはずだがさ」

いつからそこにいるのか、首を低くうなだれるようにし、ひとりの傀儡師が腰掛けにすわっている。派手な縫い取りの袖なし羽織に、無紋の藍色の着物、緋縮緬の頭巾をかぶっている。九十九だ。

九十九は、クッ、クッ、と肩を揺するようにし、しゃがれた笑い声をあげ、

「さすがは御弓組同心、弓削重四郎。こんな幻術《めくらまし》にはかからぬかえ」

4

「うぬに幻術がかからぬのと同じことでな。刃物はわしには通用せぬ。目ざわりだ。引っ込めてはどうかな」

九十九は笑いながら顔をあげる。その顔は鉛色に沈んで、黄色く濁った目がどろんとよどんでいる。九十九が百歳を越す高齢だというのはほんとうかもしれない。とても生きた人間のようには見えない。

「化け物が一人前にほっきゃアがる。もっとも、そう、のけらんとかまえられたんじゃ、無粋に金っぺらを振りかざすのも気がひけらあ。こいつはひとまずおさめることにしようか」

重四郎は刀尖をひるがえした。銀光が一閃する。ちん、と鍔が鳴って、脇差しが鞘におさまった。

「妙な真似はするんじゃねえぞ。ちょっとでもおかしなそぶりを見せたら、遠慮なくスッパ抜くぜ」

竹筒のススキが穂を切られ、はらはらと落ちてきた。重四郎にはめずらしく、はったりをきかせたわけだが、それだけ、この九十九という老人を警戒しているのだろう。

もっとも、九十九は、この早業にも平然として、動じるそぶりは見せない。肩にかかったススキの穂を軽く払うと、

「なあ、重四郎、こうしてまかり越したのもほかではない。じつはな、うぬにおりいって相談したいことがあるのだ」

「よしやがれ、おいら、こう見えても、まだ化け物から相談をもちかけられるほど落ちぶれちゃいねえぜ」

重四郎がそう苦笑するのにはかまわず、

「うぬはもともと御弓組同心の家柄、わしは江戸にあだをなす魔物ということになっている。とんだ草双紙のご趣向で、われらは敵味方ということになるが、はて、ほんとうにそうなのかどうか」

「……………」

「わしを化け物と呼びたくば、それもよかろう。しかし、わしのような化け物がいればこそ、それを打ち払ううぬのような者も必要になってくる。それが道理というものだ。考えてみれば、われらはおなじ絵札の裏表のようなものではないか。いずれ、この世の

ことわりに塡《は》まり込んで、動きのとれぬ、升落としにかかったネズミなのだ」

「解《げ》せねえな」

重四郎は眉をひそめて、

「とんと唐人の寝言のようで、何をいっているんだか、かいもくわからねえ」

「わからぬはずはなかろう。わからぬふりをしているだけさ。うぬも、利兵衛も、徳兵衛も、しょせんは、狂言のあやつり人形ではないか。狂言作者のいいなりになって動いているだけのことだ」

「………」

重四郎はとっさに反論できなかった。

それというのも、利兵衛がこの世をまやかしと呼んで、徳兵衛が人間を池の鯉とたとえたのを思いだしたからだ。九十九はそれを、動きのとれぬ、升落としにかかったネズミと称したが、つまりは、三人ながらに同じことをいっているわけなのだろう。

一瞬、空白にさらされた意識のなかを、

――この世のからくりとは何なのだ。おれたちはどんなまやかしにかけられているというのだ？

そんな疑問がよぎった。

気がついたときには、もう九十九の姿は消えていた。

夢でも見たのかとあやしんだが、地面に散ったススキの穂が、いまのがまぎれもなしに現実のことであったのを物語っていた。

ススキの穂は冷えびえとしぐれの雨に濡れていた。

——どうしたんだ、徳兵衛さん、遅すぎるじゃねえか。

急にそんな不安が胸にきざした。

——こいつはいけねえ。なんだか様子がおかしい。

待合を出て、飛石をつたって、茶室に急いだ。

ひっつかんで、頭にかざした露地笠に、しぐれの音が鳴った。

茶室のまえに手水鉢がある。

手水鉢のまえに、ひとりの男がうずくまり、しきりに柄杓で、手を洗っていた。浅黄染めのかみしもをつけた男で、その肩が雨に濡れているのが、妙にわびしく見えた。

露地下駄の音に気がついたのか、男は肩ごしに振り向いた。その顔にもやはり雨のしずくが滴《したた》っている。

「ああ、重四郎さん、今日はどうもご苦労様でした。おかげで、およその徳兵衛さんとじっくり膝をまじえてお話することができましたよ」

阿波屋利兵衛だ。

「それはよかった。お話はもう終わったんですかえ」

重四郎は目を狭めて、ジッと利兵衛の顔を見つめている。

なんとはなしに利兵衛の様子がおかしいのだ。澄んだ明るい目は、いつもながらの利兵衛だが、その目の色に、どことなく狂おしいものが混じっているように感じられる。

「ええ、終わりましたよ。およその徳兵衛さんは、わたしが考えていたとおりの、おもしろいお人でしたよ。かねてよりの、お会いしたいという願いがかなって、こんなにありがたい炉開きはありませんでした」

利兵衛はほほえんだ。その笑いにも、いつもの明朗で豪胆な、この男らしい覇気が感じられないようだ。

「どんなお話をなさったんですか」

と重四郎が尋ねる。

「なに、とりとめのない、何のことはない世間話ですよ。時鐘を打つのはどんな心持ちがするものか、とそのことをうかがったんですがね。人と生まれて、〝時間〟を律するというのは、どんな心持ちがするものか？　ぜひとも、それをうかがいたかった。くどくもいうように、わたしという人間は、この世のからくりが我慢できない。こんなことをいうのは何ですが、この世で、〝時間〟ぐらい腹立たしいまやかし事はありませんからね」

「それで、徳兵衛さんは、こころよく答えてくださったんですか」

「江戸のごみを片づけるのと同じようなものだといわれましたよ。こいつは一本とられました。徳兵衛さんにいわせれば、時鐘を打つのも、ごみを越中島に運ぶのも、せんじつめれば同じことなんだそうです。ああ、もともとは重四郎さん、あなたの御弓組同心というお役目も、われわれと似たようなものだったということらしいですよ」

「………」

「なんでも、この江戸の町は、無理にむりをかさねて、ようやく成りたっている、そんな危ういものらしい。放っておけば、江戸の町はすぐにも二進《にっち》も三進《さっち》もいかなくなってしまう。えんとろぴーが増大して、ついには崩壊してしまう」

「何、なんだって」

重四郎は目を瞬かせた。

利兵衛はふしぎな言葉を口にした。これまで聞いたことのない言葉だが、それでいながら、なんだか聞き覚えがあるような気がするのが、われながらいぶかしい。

「重四郎さん、あなたも、徳兵衛さんも、そしてこのわたしも、つまりは、江戸の町を安泰に運んでいくための、いわば捨て石のようなものであるらしい。わたしが、この世のからくりが我慢できない、と文句をならべるのは、だだっ子のわがままのようなものだとそういわれましたよ」

利兵衛は力なく笑った。

そうやって話しているあいだにも、利兵衛は手杓の水を手にかけつづけている。いくらなんでも、そんなに何杯もの水を費やさなければならないほど、手が汚れているはずはないだろう。

このときになって初めて、重四郎は、利兵衛の様子がはっきりと異常なことに気がついたのだ。

「阿波屋さん、徳兵衛さんはどこにいなさるんだ。どうして、いつまでも茶室から出てこないのだ」

重四郎の声はほとんど悲鳴のようだ。

それには答えようとせず、利兵衛はまた笑った。どことなく、たがのゆるんでしまったような、力のない笑い声だった。

「ねえ、重四郎さん、それを聞かされたときには、わたしは自分がよりどころを失ってしまったような、なんともいえない嫌ァな気持ちになってしまいましたよ――」

利兵衛は手を洗いつづけている。もしかしたら利兵衛の目には、その手に、洗っても洗ってもとれない血が、こびりついているように見えるのかもしれない。

「わたしはね、これまで、この世のからくりや、がんじがらめの約束事に、目いっぱい、あらがって生きてきたつもりだ。いってみれば、それがわたしの生きるようすがでもあったんですよ。ところが、徳兵衛さんは、わたしもまたそのからくりに加担している側の人間だとそういいなさる。わたしが懸命に世の中にあらがって生きてきたのも、何のことはない、だだっ子のわがままのようなものだった、とそういいなさる。そんなふうに決めつけられたんじゃ、わたしの立つ瀬がない、というもんだ」

「もう一度、聞くぜ、阿波屋さん。徳兵衛さんはどうなさったんだえ。徳兵衛さんは無事でいなさるのか」

重四郎はいらだって、そう尋ねたが、利兵衛はそれには答えず、逆にこんなふうに聞き返してきた。

「ねえ、重四郎さん、わたしのいうことに無理がありますか。重四郎さんだったら、わたしの気持ちもわかってもらえるんじゃありませんかね」

5

重四郎は茶室のなかに飛び込んでいこうとした。が、そのまえに、ヌッと立ちふさがった人影がある。弓師備後だ。

「茶室に入るんだったら――」

備後は鈍い声でいった。

「おぬしの脇差しはあずからせてもらう。それが茶室の流儀なのでな」

茶室のにじり口の横に細木でつくった棚がある。これが刀掛けで、茶に呼ばれた客は、この棚に大小を置いて、茶室に入るならわしになっているのだ。

しかし、もちろん重四郎は、茶に招かれたわけではない。いまは一刻を争うときで、こんな場合に、脇差しを手ばなすわけにはいかなかった。

「なにを馬鹿なことをいってるんだ、備後さん。いまはそんなときじゃねえだろう。いいから、そこをどいてくんねえ」

重四郎は進もうとしたが、備後は、その場に立ちはだかったまま、一歩も道を譲ろうとはしなかった。

それどころか、わずかに左足を引いて、体を斜めにひらいた。その全身からスッと力が抜けていくのがわかった。

剣術にはくわしくない重四郎だが、それが居合抜きのかまえであることぐらいは、見当がつく。

「いったはずだ。脇差しを渡さぬかぎりは、ここを通すわけにはいかぬ」

その声はあいかわらず鈍かったが、なんとはなしに、抜き身の刀を見るような、ひやりとしたものを感じさせた。

「解せねえよ、備後さん。なんで、そんなに、いやったく、おれの金っぺらを欲しがるんだ?」

重四郎はじっと備後の顔を見つめた。

「もしかしたら、備後さん、あんた、茶室で何があったのか、それを知っているんじゃねえのかえ」

「どうとも好きに考えるがよかろう。おれは阿波屋利兵衛に雇われた用心棒だ。利兵衛のいいなりになって動くだけのことだ」

「どうしたんだ？　風向きが変わってきたようじゃねえか。おれたちふたりは、もとはといえば御弓組同心、お江戸から〝魔〟を追い払うのがお役目。たしか、そんな話だったはずだぜ。先祖代々のお役目よりも、阿波屋さんの番犬になって動くが大事と、趣旨がえをしたのかえ」

「どうとも好きに考えるがよかろう。おれはそういっている。おれはな、重四郎、御弓組の血筋などにこだわっている自分が、つくづく馬鹿らしくなったのさ。しょせんは歯磨き売りの居合抜き、それが江戸を守ろうなどと気負ったところで、何がどうなるものでもなかろう」

「こいつは悪くさとったもんだ。先祖のお役目に縛られるのが業腹《ごうはら》なのは、おれもおなじだが、うざっこく、からまれるのが何ともおもしろくねえ。おいら、このまま、通らせてもらうぜ」

「通さぬさ」

「それでも通るといったらどうするね」

「……………」

備後の顔がいつにも増して無表情なものになった。

雨に打たれながら、体を斜めにひらいて、ふわりと右手を刀の柄に置いた。後ろに引いた左足が、足場をかためるように、わずかに土を掘る。

「たいしたもんだ。備後さん、あんた、よほど剣術の修行を積んできなさったね。おれはやっとうはからきしだが、そんなおれでも、それぐらいのことはわかるよ」

重四郎は感嘆したようにそういったが、すぐにその顔を引きしめて、

「通らせてもらうぜ」

重四郎は踏み込んだ。

備後が、一瞬、あっけにとられたほどの無造作な動きだった。

もっとも、あっけにとられはしたが、それでその反射神経が鈍るような、そんななまやさしい剣客ではなかったようだ。

備後の腰から銀光がほとばしった。重四郎の体を胴切りにもしかねない、凄まじい一撃だった。

かあーん

乾いた音が響いた。

しぐれの雨のなか、木片があざやかに切り口を見せて、くるくると飛んだ。

おそらく備後は自分が何を切ったのか、とっさに、それがわからなかったろう。

重四郎は露地に入るときに、露地下駄に穿きかえ、自分の下駄はかさねて、ふところに押し込んでおいた。

備後に向かって飛び込んでいきざま、その下駄を投げつけたのだった。

居合抜きは、一瞬の気迫、その太刀運びの速さで、すべてが決まるといっていい。思いがけなく、下駄を切ることになり、さすがに備後も、存分に剣を抜き払うことができなかったようだ。

下駄を切って、勢いあまったのか、備後はわずかにつんのめって、その体勢をくずしてしまった。

重四郎はすかさず、そのふところに飛び込んでいった。

脇差しを鞘ぐるみ抜いて、備後のみぞおちに、その柄頭をたたき込んだ。

「うっ」

備後がうめき声をあげる。

痛みに耐えかねたのか、ガクリと膝を折って、その片膝を地面につけた。とっさに、刀身を返し、すばやい一撃を送り込んできたのは、さすがに備後ならではの手練だろう。

が——

重四郎は、備後ほどの剣客を相手にし、それを深追いするほど愚かな若者ではない。一度は、奇策が通用しても、それで備後の剣をあなどってかかれば、とんでもないことになるだろう。

備後が剣を返し、それを一閃させたときには、もう重四郎は身をひるがえし、茶室のにじり口に頭から飛び込んでいた。

にじり口の戸を押し倒し、茶室のなかに転がった。

血のにおいがした。

徳兵衛がうつ伏せに倒れている。いたるところに血が散っていた。肩からけさ掛けに斬りおろされたらしい。背中が真っ赤に濡れていた。

その斬り口が、いかにも不器用で、剣に不慣れな人間の仕業であることは、すぐに見てとれた。

しきりに手を洗っていた利兵衛の姿を思いだした。利兵衛が徳兵衛を斬ったのはまず間違いないだろう。

「なんてこった」

重四郎はそう悲痛な声をあげ、徳兵衛の体を抱きおこした。

「徳兵衛さん、気をたしかに持つんだ、しっかりしなせえ」

「………」

徳兵衛はうっすらと目を開けた。ぼんやりと重四郎の顔を見る。

その唇を震わせるようにし、何事かつぶやいた。

「馬鹿ばかしい……」

重四郎の耳には、徳兵衛がそうつぶやいたように聞こえた。

つぶやき、そしてガクリとその頭を落とした。

一瞬、息が荒くなり、そして、すぐにその息がとまった。その顔がスッと白っぽく変わっていった。徳兵衛は死んだ。

重四郎は、徳兵衛を仰向けに寝かせ、その手を胸のうえに組ませた。しばらく徳兵衛の顔を見つめていたが、やがて立ちあがり、茶室をあとにした。

しぐれはやんで、利兵衛、備後のふたりの姿も消えていた。

重四郎は、雨だまりが白く光る露地に、ぼんやりと立ちすくんでいた。

6

深川七場所のひとつ、辰巳の名で呼ばれる遊里の沖町は、永代寺の門前町にある。

このかいわいには、名代の茶屋が少なくないが、芸を重んじ、粋をたっとぶ辰巳芸者を呼んで遊ぶには、よほど、ふところが豊かでなければならない。

貧乏浪人の重四郎に、そんな余裕があるはずはないから、名代の茶屋を横目でにらみながら、安直な居酒屋に腰を落ち着けることになる。

店には、滝水や剣菱などの酒こもが積みあげられているが、もちろん、重四郎あたりの口に入るのは、そんな銘酒ではない。

床几《しょうぎ》に腰をかけ、味噌をさかなに、ちろりの安酒を飲んでいる姿は、とても侍とは思われない。

ただでさえ敬遠されがちな貧乏浪人が、暗くしずんだ顔をして、ぐいぐいと酒をあおっているのだから、人はだれも近寄ろうとはしない。

人から見れば、辻斬りの思案でもしているように見えるだろうが、もちろん、重四郎はそんなことを考えているわけではない。

――馬鹿ばかしい。

徳兵衛のいまわの一言が、頭のなかにこびりついて、どうにもたまらない。酒でも飲まなければ、やりきれたものではなかった。

――わたしたち人間は、池の鯉のようなものだって、そんなことを考えたことはないかね。

徳兵衛はそうもいった。

――わたしたちはみんな、この江戸という町を、つつがなく運んでいくための荷車のようなものじゃありませんか。

どうやら徳兵衛は何かに気がついていたらしい。いや、気がついたといえば、阿波屋利兵衛も、御弓組の先祖に固執していたあの弓師備後さえもが、なにかに気がついているようなのだ。

重四郎の酔いに濁った頭のなかで、徳兵衛の声が、いつのまにか、九十九のしゃがれた声に変わってしまう。

――考えてみれば、われらはおなじ絵札の裏表のようなものではないか。いずれ、この世のことわりに嵌まり込んで、動きのとれぬ、升落としにかかったネズミなのだ。

「けっ」

重四郎は顔をしかめた。

「とっけもないことをいいやがる。なんでおれがあんな化け物とおなじ絵札の裏表であるもんか」

どんなに酒を飲んでも、いっこうに酔いが回ってこない。ただ、渦をまくように、徳兵衛や、九十九の言葉が、頭のなかにぐるぐると回っているだけだ。

男がひとり、のれんをくぐって、入ってきた。

店の者が声をかけようともしなかったのは、その男の風体を見て、とても客になるような相手ではない、そう見きわめをつけたからだろう。尻端折《しりっぱしょ》りに、股引きの貧相ななりに、もうろく頭巾をかぶった、いつ頓死してもおかしくないような、よぼよぼの年寄りだ。

その年寄りが洟水《はなみず》をすすりながら、重四郎のすわっている床几に、よたよたと近づいてくると、

「もう夜歩きができる歳じゃねえ。このごろは筑波おろしがたまらねえ」

ちろりの酒をぐいとあおった。

いうまでもなく、これは芝神明町の番太郎、善助だ。

重四郎はそんな善助をちらりと見て、

「ご苦労だったな、とっつあん、何かわかったかえ」

「ああ、どうやら阿波屋は、越中島のごみ御殿にいるらしい」

「ごみ御殿？」

「越中島は江戸のごみの捨てどころ。あまり人には知られちゃあいねえが、阿波屋は、江戸の塵芥《ごみ》運搬の仕事を一手に引き受けてこなしている。おれにいわせりゃ、酔狂がす

ぎるというもんだが、阿波屋は、どんな料簡《りようけん》か、その越中島に寮を建てたらしい」

善助はちろりの酒を一気に飲みほして、

「なにかと奢侈《しやし》をきらう窮屈な時世だが、まさかのことに、お上のご威光も、ごみの島まではとどかねえ。それをいいことに、阿波屋利兵衛、ずいぶんと贅《ぜい》をつくした寮をおっ建てたらしい」

「よし、わかった。ありがとうよ、とっつあん」

重四郎は銭を置くと、床几から立ちあがった。

「越中島に行きなさるか」

「ああ、行かざあなるめえ」

「そうなるだろうと思ってよ。小名木川に舟を用意しておいたぜ。あいにく辰巳芸者の酌で、屋形船とまではいかねえが――」

「ほう、そいつはありがてえ」

重四郎はまじまじと善助の顔を見て、

「とっつあん、今夜はずいぶんと気がきくじゃねえか」

「……………」

それには善助はそっぽを向いて、返事をしようともしなかった。

夜の小名木川だ。

ぶら提灯を舳先《へさき》にともし、一隻の舟が、闇の底をすべるように進んでいく。

櫓を漕いでいるのは善助、舟板のうえにあぐらをかいて、すわり込んでいるのは、重四郎だ。

これから幾つも橋をくぐり、大川から隅田川に出なければならない。

越中島は、隅田川の河口にあって、海に面している。

江戸のごみの捨てどころであり、川さらいの泥土を投げ捨てる最大の埋めたて地でもあった。

江戸で川さらいが行われるたびに、越中島町、深川越中島拝借地、深川築出新地と、その面積が拡がっていき、しだいに海にせり出していった。

このころの江戸絵図を見ると、越中島地先から、州崎弁天まで、波よけの杭がびっしりと打ち込まれているのが描かれていて、いかにこの埋めたて島の規模が大きかったか、それを一目で見てとることができる。

深川定浚屋敷のように、町方に編入された土地もあり、南の越中島新田のように、村方に編入された土地もある。

だが、はるか沖あいに拡がった土地のほとんどは、ただ茫々たる荒れ地だったようで、ほとんど人が足を踏み入れることもなかったらしい。

天保の改革以来、幕府は、なにかと奢侈に走る風潮をきらって、贅沢をいましめる政策に出ている。

しかし、どんなに奉行所の役人が目を光らせても、越中島の荒れ地までは、とても取り締まりの手がとどかないだろう。

それを承知で、越中島に豪勢な寮を建設したのだとしたら、なるほど、阿波屋利兵衛の反骨ぶりは、なみたいていのものではないといえそうだ。

風が冷たい。

暗い川に、ただ櫓をこぐ音だけが、ぎいぎい、と聞こえていた。

もうすこしで隅田川に出ようというあたりだった。

ふいに、川の前方に、六つ、七つ、と提灯の灯が浮かぶのが見えた。

舟はたがいに舳先を接するようにし、川をふさいで、こちらに進んでくる。

重四郎はそれを見ても、べつだん驚いた様子もなく、

「やはりお出ましになったか。こんなことだろうと思ったぜ。なあ、とっつあん」

そう善助の背中に声をかけた。

「なんだなあ、重四郎さんも人が悪いぜ。気がついていたのかえ」

善助のほうでも悪びれた様子もなく、淡々と櫓をこぎながら、

「これだからかなわねえ、あいかわらず察しのいいことだ」

「いわれもしねえのに、舟を用意するなんざあ、とっつあんにしては、あまりに気がききすぎるというもんだぜ。おいらでなくても、何かありそうだと、いいかげん、察しがつこうというもんだ」

「だからさ、罠だと知りながら、なんで、あっしの舟に乗んなさった?」

「切り首の善十ともあろう男が、人のいいなり三宝になるからには、よほどの事情があるからだろう、とそう踏んだからさ」

重四郎は落ち着いた声でそういい、

「とっつあんは、九十九《くぐっ》という化け物と知り合いなんじゃないのかえ。なんでも九十九は、江戸のあまたある稼業を数えて、百のうち九十九には、その息がかかっているとい

う、とんでもねえ化け物らしい。さしずめ泥棒なんざあ、九十九の直参格という株なんじゃねえのかな」

「こいつはあやまった。そこまで見透かされたんじゃ、この切り首の善十、グウの音も出ねえわさ。いかにもだらしがねえようだが、さすがのおいらも、あの九十九にだけは頭があがらねえ。重四郎さんには申し訳ねえが、こうして九十九のいいなりになるしかなかったのさ。恨まねえでおくんねえ」

善助はそういったが、その口調はいかにもしゃあしゃあとして、あまり申し訳ながっているようには聞こえなかった。

重四郎は苦笑し、

「恨まねえよ。死んで化けて出ようにも、とっつあん相手じゃ、張り合いがないというもんだ」

脇差しを抜き払って、舟のうえに立ちあがった。

舟が近づいてきた。

猪牙舟が六隻だ。

それらの舟に乗っているのは、そろいの黒漆塗りの笠に、これも黒漆の桐油、あの塵芥改めの男たちだった。

「ていちょうなお出迎え、いたみいる」

重四郎がそう声をかけたそのとたん——

男たちが一斉にその桐油をパッと払いあげたのだ。

桐油の下に、銀光がひらめき、それが重四郎に向かって、唸りをあげて、次から次に飛んできた。

それを投げ槍だと気がついたかどうか、

「ああっ」

と重四郎の悲痛な声が闇のなかに聞こえてきた。

いくら重四郎が、敏捷な運動神経に恵まれていても、不安定な舟のうえで、一斉に投げられた六本の槍を、とうていかわしきれるものではない。

舟が大きく揺れて、次の瞬間、重四郎の体は暗い川のなかに落ちていった。

大江戸胎内道

1

江戸は水の町だ。

おびただしい堀が、縦横に町をむすんで、それがいずれも隅田川に結んでいる。隅田川は荒川の下流で、江戸では浅草川、大川、宮戸川などと呼ばれていた。

その川幅はおよそ百間（百八十メートル）ほど、水量が豊かで、流れの穏やかなこの川は、江戸の人々の暮らしには欠かせないものとなっている。

江戸湊に入る廻船を、そのまま受け入れることができるし、白魚漁、花火、大山詣での水垢離《みずごり》場と、隅田川が人々にほどこす恩恵には数えきれないものがあった。

が、隅田川が江戸の人々にほどこした最大の恩恵は、その豊富な水量がもたらす浄化作用であったろう。

〝三尺去れば水清し〟……

このことわざが示すように、江戸の人々は、水の浄化作用を深く信じていた。隅田川は江戸の大汚水処理場であり、人々は、どんなに禁じられても、その川岸端に雪隠《せっちん》を置き、盂蘭盆《うらぼん》には聖霊棚を流すのをやめようとはしなかった。

いってみれば隅田川は〝母なる川〟であり、江戸の人々は、この川はどんな汚れも洗い落としてくれる、と無心に信じ込んでいた。

江戸の町は、丹念に打ち水がされ、よく掃除のいきとどいた、きわめて清潔な町であったらしい。

それというのも、この時代の都市にはめずらしく、ゴミの回収作業がかなり能率よく機能していたからだろう。

町の人々は、表店《おもてだな》、裏店《うらだな》のごみ溜にゴミを運んで、それがさらに、数カ町単位で設けられている大ゴミ溜に運ばれる。そして、その大ゴミ溜のゴミは、ゴミ請負人によって、ごみ廻船に積まれることになる。

江戸市中の堀という堀、川という川を、ごみ廻船がめぐり、ゴミを回収し、それをはるばる越中島まで運んでいく……

江戸のゴミ捨て場、越中島は、もともとは隅田川河口にあった洲である。

越中島は江戸の土捨て場でもあった。川浚《ざら》いが行われるたびに、その泥土が越中島に運ばれ、捨てられる。その浚土に加えて、大量のゴミも捨てられ、越中島はしだいに埋め立て地として、その面積を拡げていく。隅田川が江戸の大汚水処理場であるのとおなじように、その河口にある越中島は、江戸の一大塵芥処理場であるといえるだろう。

いってみれば、越中島は、江戸の町が生みだす膨大なゴミを処理し、日々、膨らんでいく広大な〝闇〟のような土地だったのだ。

その越中島に異変が起こった。

最近——といっても、上野寛永寺が焼け落ちてからのことだが、ここ、越中島に妙な噂が流れるようになった。

逢魔ガ時に数匹の雷獣が跳梁するのを見たとか、深夜に鬼火がただようのを見たとか、果ては魔物たちが酒盛りをしていたのを見たとか、そんな噂があとを絶たない。

もっとも、このころ、そうした噂が流れたのは、たんに越中島にかぎられたことではない。会所地や、火除《ひよ》け地など、江戸の淋しい場所には、必ずといっていいぐらい、その種の噂がつきまとった。

江戸の人々はおしなべて迷信深いが、それにしても、これらの噂は妙に執拗で、広範にわたって信じ込まれていて、必ずしも迷信とばかりはいいきれないところがあった。

寛永寺が焼け落ちてからというもの、江戸の市中になんとはなしに不穏な空気が満ち、人心が安定しない。終末の予感がある。人々は漠然とした不安にかられ、そこはかとない寂寞感にみまわれる。

たとえば、越中島では、こんなことがあった。

一夜、神田川の船宿の船頭が、客に乞われて、隅田川に夜網に出た。隅田川をさかのぼり、河口付近に出て、越中島の近辺で網を打つことになった。時刻は夜四つ（午後十時ごろ）、空には暗雲がたちこめて、月も星も見えない晩だったという。

隅田川を抜け、越中島先地をよぎると、そこから東に、洲崎弁天のあたりまで波よけ杭がびっしりと海面に並んでいて、波が白く光っている。

そこに舟をとめ、網をうったのだが、不漁で、いっこうに魚がかからない。客は興ざめし、あきらめて、網を引きあげにかかったのだが、そのとき船頭が妙な声をあげた。

客は顔をあげ、船頭が指さすほうに目を向け、自分もまた声をあげたという。

夜の闇のなかに越中島が黒々と横たわっている。その暗闇のそこかしこに、ぼっ、ぼっと青白い炎が浮かんで、ひとしきり燃えあがると、それがふっと消える。提灯の明かりでもなければ松明《たいまつ》の火でもない。その青白い炎は、はるか空高くに浮かんで、ふわふわと流れ、消えるのだ。どう見ても噂に聞いた鬼火としか思えない。

船頭は悲鳴をあげ、懸命に櫓をこいで、隅田川に逃げ込んだ。あとになって、客は船頭のそのうろたえようを叱ったが、なに、実際には、客のほうも網を引きあげるのを忘れるぐらい動転していたのだ。

船頭も、客も、どこまで逃げても、鬼火が追ってくるように思われ、生きた心地がしなかったという。

こんなことがつづいて、いつとはなしに、越中島には冥府につづく抜け穴があるのだ、そんな噂がもっともらしく囁かれるようになってしまった……

2

両国広小路を風が吹きすぎる。

その風に、両国橋からのぞむ川面が白い波をひるがえす。それが見せ物小屋の荒むしろのバタバタとはためく音とあいまって、いかにも寒ざむしい。

両国広小路は江戸いちばんの盛り場で、小芝居、寄席、飲食店などが建ちならんで、人出の絶えることがない。いや、絶えることがないはずなのだが、いまは朝の青物市が店じまいをし、午後からの興行をひかえた見せ物小屋が準備にとりかかる、そのいわば空白の時間で、だだっ広い道にふしぎに人の姿がとぎれている。

木戸銭十六文のおででこ芝居、軽業、講釈、女義太夫などの小屋掛けが、冬の冷たい日射しを撥ねて、建ちならんでいる。

その淋しい町を、ヒュッ、とこがらしが吹きすぎて、

——おお、さぶい。

常磐津の師匠、文字若、おふみは肩をすくめた。

小紋の着物に、縦縞の半纏を着て、藍鼠の頭巾。浅黒い顔にあっさりと薄化粧をほどこして、なんともいえず婀娜《あだ》っぽい。

江戸は数日まえに雪が降って、ひどいぬかるみだが、泥道を素足に赤い女下駄をつっかけて、裾さばきもあざやかに、大道を歩いていく。

いかにも粋で、さっぱりとした江戸の女ぶりだが、その表情は冴えない。この数日、風邪をひきでもしたかのように、頭が重く、気分が優れない。

なにか大事なことを忘れている……しきりに、そんな気がするのだが、さて、自分が何を忘れているのか、それがいっこうにはっきりしない。日々を追って、苛立ちがつのるばかりで、ここのところ、ろくに眠れない夜がつづいている。

もっとも、どうして自分がこんなに苛立っているのか、その理由にまったく心当たりがないわけではない。

おふみには好きな男がいる。芝神明町の棟割長屋で、ひとりで暮らしている若い浪人者だ。名前を弓削重四郎。親子代々の貧乏浪人で、傘張りの内職をして、おつかつその日暮らしをしのいでいて、吉原に居つづけのできるような境遇ではない。ろくに行くところもないはずなのに、ここ何日か、長屋に帰ってきていないらしい。そのことが気になって、何度か、長屋を覗いてみたのだが、いつ行ってみても、九尺二間の部屋は、がらんとして人の戻った気配がない。

――どこをふらふらしているんだか。ほんとうに仕方のない風吹き烏だよ。

気がもめてならないのだが、べつだん約束をかわしたわけでもなく、ましてや女房でもないのだから、何をどうすることもできるわけでもない。

やきもき気をもんでいるうちに、女芝居の太夫に出稽古をつける日になった。

ほんとうなら、気分が優れず、休みたいところだが、家でくさくさしているよりはいっそ出かけたほうがいい、と思いきって、はるばる広小路まで出てきた。芝居小屋には何本ものぼりが立てられ、それが風にはためいている。いまはまだ興行まえだが、それにしても、木戸口に人の姿が見えないのが妙だ。どんなに興行まえでも楽屋番ぐらいはいそうなものだが、小屋には人の姿がない。

――どうしたんだろ？

芝居小屋の裏にまわる。楽屋に入ったが、ここにもやはり人の姿がない。太夫の姿を探したが、楽屋には、ただ土瓶や、煙草盆、茶碗などが取り散らかっているだけだ。角火鉢にチンチンと薬罐が鳴っていた。

――どうして誰もいないんだろう？　太夫は今日が出稽古の日なのは知っているはずなのに。

おふみは途方にくれて立ちつくした。

粗末なこも張り小屋の、左右に垂れている荒むしろが、隙間から吹き込んでくる風に揺れている。舞台の裏には綱が張られ、そこにかけられた脱ぎ捨ての衣装や浴衣が、やはり風に揺れていた。

——なにもかもが風に揺れている。

おふみはぼんやりとそんなことを考えている。

人のいない楽屋は荒涼として、ただ、わびしさばかりがつのる。淋しくて胸が締めつけられるようなのを感じた。

ふと人の気配がした。

舞台の裏、一段高くなったところに削りばなしの板割りが打ちつけられ、金巾《かなきん》の幕が後ろ向きに垂れている。どうやら、そこが舞台の出入口であるらしい。

その金巾の幕も風に揺れている。その幕の背後にぼんやりと人影が浮かんでいる。吹き込んでくる風に、その人影もちぎれちぎれにかすんでいるように見えた。

おふみは、ごめんなさい、とその人影に声をかけて、

「わたくしは文字若という者でございます。ご面倒ですが、太夫がどちらにいらっしゃるかご存知でしたら、お教えいただけないでしょうか」

丁重にそう教えを乞うた。

金巾の幕がゆらりと揺れて、その人影が板割りの低い階段のうえに立った。

派手な縫い取りの袖なし羽織に、無紋の藍色の着物、緋縮緬の頭巾をかぶり、その胸に小袖櫃を下げている。かなりの老人のように見えるが、なにか風にチラチラと点滅しているかのようで、その姿をはっきりと見さだめることができない。

「……」

おふみは目を瞬かせた。

この老人にはどこかで会ったことがある。それもごく最近のことだ――そんな気がするのだが、それがいつ、どこのことだったのか、ぼんやりと記憶がかすんで、どうもはっきりとしない。それまで頭の芯で鈍くうずいていた頭痛が、急に、ズキンズキンと脈打つように強くなった。

老人の小袖櫃からヒョイと狐の尻尾のようなものが覗いた。その尾を左手の掌に受け、それを右手で撫でる。狐の尾は、キュッ、と鳴いて、老人の肩や頭のまわりをクルクルとまわった。老人はうるさげにそれを右手でつかむ。狐の尾がキュッキュッと鳴く。それを板割りに投げつける。キュッと鳴く。さらには足で踏みつける。キューッと苦しげに鳴いて、動かなくなってしまう。足をあげると、そこに横たわっているのは、やはり何の変哲もない狐の尻尾で、どうしてそれがこれまで生きて動いていたのか、わけが分からなくなってしまう。

そのときにはおふみの意識はかすんで、視野がスッと狭まってしまう。夕暮れが落ちかかるように、楽屋がたそがれて、その暗さが急速に増してくる。頭のなかが冷たい。おふみは幻術《めくらまし》などという言葉は知らないが、自分は何かにあやつられていたらしい、という悲痛な思いが胸を噛んだ。

「重四郎めを探させたが、ものの役にたたぬ女よ、いっこうにらちがあかぬ。もう待てぬわい。荒業は好まぬが、かくなるうえは是非もない。女、気の毒だが、おまえにはもう一働きしてもらわねばならぬようだ――」

その声を聞きながら、おふみは膝が萎え、自分の体がゆっくりと沈み込んでいくのを覚えた。

意識がとぎれる寸前。

――九十九《くぐつ》！

頭のなかでそうつぶやいた。そのつぶやきが、頭のなかで反響を呼んで、大きく重くのしかかってきて……

意識がプツンと途切れる。

3

茗荷谷の藤吉は空を見あげると、

「悪いものが降ってきやがった」

舌打ちをして、手拭いをかぶった。

今日は朝からどんよりと曇っていたが、なんとか夜のうちは持つだろう、と不精を決め込んで、邪魔っけな傘は用意しなかった。

それが四つ（午後十時）の鐘を聞いたころから、急に風が冷たく身に染みるようになり、やがて鶴の羽をむしったような白い影がちらついてきた。

ふわふわと頼りない雪で、積もる気づかいはないだろうが、四十の峠を越し、もう若いとはいえない藤吉には、首筋に降りかかる雪がひどく冷たいものに感じられる。

これも御用のうちと思えば、なんとか我慢もできるだろうが、若い娘の夜歩きのお供をするのでは、どうにも意気があがらない。

――こんなことなら若いやつらにまかせておけばよかったか。なにもおれが出張るまでもなかったかもしれねえ。

藤吉は顔をしかめた。

そうでなくても節句師走の気ぜわしい数え日で、藤吉は何かと忙しい。こんなときに雪に降られながら、若い娘のお守をさせられるのは、なんとも気のきかない話だった。

――それにしても悪く思いつめたもんだ。とんだ八百屋お七だぜ。

藤吉はぼんやりと雪がちらつく闇を透かし見た。

長屋の木戸ぎわにあんぽっ駕籠がとまっている。その提灯の明かりが、降りしきる雪を羽毛のように照らしだし、なんともいえず美しい。駕籠かき、ふたりの人足は、足踏みをし、両手に息を吹きかけて、寒さをしのいでいる。その息が夜目にも白かった。

駕籠のなかには、若い娘が乗っているはずだが、垂れ幕ごしには、その姿を見ることはできない。

鉄物の大店《おおだな》〝菊村〟のひとり娘で、名はお節、物好きにも、貧乏浪人の弓削重四郎に思いを寄せて、毎晩、駕籠をしたてて、長屋に通いつめている。

いくら大店のひとり娘だからといって、そんなわがままが世間に通用するはずはないのだが、おぼこに見えて、どうしてお節には気丈なところがあるらしい。どんなに両親が口をすっぱくしていさめても、芝神明の棟割長屋に通いつめるのを、どうしてもあきらめようとはしない。

ほとほと困りはてた両親が、せめて大事にいたらぬようにと、日頃から昵懇にしている藤吉に、かげながら見守ってやって欲しい、とそう頼み込んできた。

わがまま娘のお守など、かりにも親分と呼ばれる岡っ引のやる仕事ではないだろうが、かねてより〝菊村〟の主人には世話になっていて、むげにそれを断ることもできなかった。

――娘心は分からねえ。あんな貧乏を煮しめたような浪人者のどこがそんなに気にいったんだか。

藤吉としては、そんな悪たれのひとつも吐きたいところだが、じつの話、お節が重四郎にひかれる気持ちも分からないではない。

重四郎は、貧乏浪人にありがちな拗《す》ねたところが、これっぽっちもない若者で、天真爛漫、いつも闊達に生きている。ほんとうのことをいえば、藤吉も好きでならない若者なのだが、いかんせん大店の娘と、傘張り浪人とでは、身分に差がありすぎる。

しょせんはかなえられることのない恋で、そのことを考えれば、早くあきらめてしまったほうがいい。さいわい重四郎は、お節の思いを、柳に風と受け流していて、いまのうちなら、まだ大店のひとり娘の身に傷はついていない。

――あきらめるなら、いまのうちだ。

分別ざかりの四十男としては、そう考えるのが当然だが、その一方で、

――そうはいっても、このままじゃ、お節さんもあきらめきれめえ。

藤吉は若いお節に同情も寄せている。

それというのも、重四郎がここ何日か、長屋に帰ってきていないからだ。重四郎はまだ若いが、気のきいた遊びをして、長逗留をするほどの金があるはずはなし、昵懇の身寄りがあるわけでもなし、どこにしけ込んでいるのか見当もつかない。

藤吉が、なんとも気のきかない話だ、と自嘲しながらも、かげながらお節のお守をしているのは、やはり重四郎の身の上が心配でならないからだろう。

お節にしたところで、好いた男を思い切ろうにも、当の相手が行方不明なのでは、なかなか、思い切ることなどできないにちがいない。

木戸わきにぽつんと置かれた駕籠を見ていると、そのなかで、しょんぼりとうなだれ

ている若い娘の姿が目に見えるようだ。

藤吉はなんとはなしに身につまされ、

――あんないい娘に思いを寄せられて、それを振るなんざあ、とんだ罰あたりだ。身のほど知らずもいいところじゃねえか。重四郎さん、どこにいなさるんだ。早く出てきてやらねえかよ。

胸のなかでそう重四郎に呼びかけた。

そのとき、雪のなかにぼんやりと人影が浮かんで、

「お節さん」

そうあんぼっ駕籠に声がかかった。女の声だった。

さすがに稼業がら、こういうときの、藤吉の身の処し方はすばやい。スッと後ずさると、天水桶のかげに沈んで、身を隠し、あんぼっ駕籠のほうをうかがった。

重い傘を傾けながら、ひとりの女が、駕籠の横にたたずんでいる。小紋の着物に、縦縞の半纏を粋にはおった、すらりとした、夜目にも姿のいい女だ。歳のころはまず二十七、八、こんな棟割長屋に出入りさせるのは勿体ないような女だった。

駕籠から顔を覗かせたお節が、

「まあ、おふみさん」

そう鈴を振るような澄んだ声をあげる。大店のひとり娘だが、すこしも偉ぶったところを見せずに、すばやく駕籠からおりようとする。

女はそれを制して、

「どうぞ、そのままお駕籠のなかにいらしてください。白いものが降ってきました。わたしなんぞのために、菊村のお嬢さんのお召し物を濡らしたとあったんじゃ、申し訳がたちません」

そう笑い顔を見せた。その笑顔の艶っぽさがなんともいえず、どんな男でも、ふるいつきたくなるにちがいない。

色っぽくほほえんだまま、おふみは、お嬢さん、とあらためてそう呼んで、

「いつまで待っても、重四郎さんは長屋には戻ってきませんよ。重四郎さんは、よんどころない事情があって、とあるところに、身をひそめていなさるんですよ。しばらくはこのあたりに顔出しはできませんのさ」

お節はその美しい眉をひそめると、

「よんどころない事情というのは、どんな事情がおありになるんでしょう。重四郎さん、なにか困っていらっしゃるのですか。女だてらに出すぎたことを申しあげるようですが、わたしにできることがありましたら、どんなことでもいたします。そう、重四郎さんにお伝えいただけませんでしょうか」

「あいかわらず、お嬢さんはお優しい。それを聞けば、さぞかし重四郎さん、喜ぶことでしょうよ――」

おふみは駕籠に身を寄せると、

「そうだ。そのお気持ちがおありになるんなら、なんだったら、これから重四郎さんのところにいらっしゃいませんか。ねえ、お嬢さん、そのほうが話の運びが何倍も早いというもんだ」

4

稼業がら、藤吉は顔が広い。

おふみという女は、たしか文字若の名で、常磐津の師匠をしているはずだ。世話になっている大店のおかみさんが、常磐津を道楽にしていて、以前、その出稽古に来ているおふみを見かけたことがある。
二十七、八の女ざかり、小股の切れあがった、いかにも粋な年増で、
——おれがもう十も若ければ、一緒に苦労をしてみたいような女だぜ。

年がいもなく、藤吉はそんなことを考えたものだった。

どうやら、おふみは重四郎と何か関わりのある女らしい。初々《ういうい》しいお節と、婀娜っぽいおふみ、ふたりながら、あの貧乏長屋に通ってくるとは、

——重四郎さんも見かけによらねえ。あんまり果報が過ぎるというもんじゃねえか。

藤吉は苦笑せざるをえない。

雪がしんしんと降るなかを、駕籠の提灯がゆらゆらと揺れている。その揺れる提灯の明かりのなか、おふみの雪に重くかたむいた傘が、ボウと浮かんでいる。

その提灯に浮かんだ傘を目印に、藤吉はどこまでも駕籠のあとを追っていく。

芝口北紺屋町を過ぎて、中通りから、川向こうの南大坂町と山王町のあいだに架かる難波橋にさしかかる。

難波橋、俗称を涙橋、その橋を渡る駕籠ごしに、ひらひらと落ちる雪が、ぼんやり汐

留川に舞っている。

おそらく、もう九つ（午前零時）に近いだろう。難波橋に人の姿はない。わずかに雪が積もって、暗い川に、現世と彼岸にかけられた橋のように、ただ、うっすらと橋が浮かんでいるばかり。

その白い橋に、提灯の明かりを滲ませて、しずしずと駕籠が渡っていく。

「………」

藤吉は目を瞬かせた。とっさに手拭いを取ったのは、自分の目が信じられず、視野を拡げたかったからだろう。

いつのまにか駕籠かき人足の姿が消えている。いま、駕籠をになっているのは――黒漆塗りの笠に、これも黒漆の桐油（雨合羽）をすっぽりと着込んだ、妙な男たちだ。

いずれも大小をたばさんでいるところを見ると、どうやら侍らしい。しかし、どうして、侍が駕籠をかつがなければならないのか。いや、それよりも何よりも、いつ、その男たちは駕籠かき人足と入れ替わったのか。

――こんな馬鹿な。

藤吉はあっけにとられた。

茗荷谷の藤吉は江戸でも腕ききの岡っ引として知られている。一見したところ、何の変哲もない地味な四十男だが、その探索には抜かりがないし、事実、これまで数えきれないほどの手柄をたてている。

そんな藤吉が、これまで駕籠を尾行していながら、人足が桐油の侍に変わったことに、すこしも気がつかなかったのだ。

腕ききの岡っ引を自認している藤吉にとって、こんな恥辱はない。いや、そんな自分ひとりの恥などどうでもいいが、親からお節の護衛を頼まれていながら、いつのまにか得体の知れない侍に駕籠を奪われていた、そのことのほうが腹立たしい。

——こうしちゃいられねえ。

藤吉が浮き足だつのは当然だった。

相手は大小をたばさんだ侍で、しかもふたり、いくら藤吉が腕ききの岡っ引でも、いささか手に余るが、この際、躊躇をしてはいられない。

懐から十手を取りだすと、雪を蹴たてるようにして走り、

「おい、その駕籠、待った」

そう大声で呼びとめた。

しかし、駕籠はとまらない。侍たちは振り返ろうともしないのだ。提灯の明かりを揺らしながら、雪のなかを、しんしんと進んでいく。そのあとをおふみが蹌踉《そうろう》とした足どりで歩んでいく。

さすがに藤吉はこんなときにもうろたえない。

とっさに十手を左手に持ちかえると、

「おい、待てったら待たねえか」

捕り縄を取りだし、それを駕籠に向かって投げた。

捕り縄は、生きているかのように雪のなかに伸び、駕籠の棒に飛んだ。

捕り縄は、鉤縄とも呼ばれ、釣り針を大きくしたような鉄製の鉤が一方に取りつけられている。その長さ、およそ四メートルあまり、狙いさだめて、鉤を相手の襟元などに引っかけて、これを引き寄せ、すかさず縄で縛りあげる。

藤吉は、この捕り縄に巧みで、ふだんから熱心な稽古を怠らない。どんなときにも、捕り縄を投げ、これをとり逃がすなどということは、まずない。

いや、ないはずだったのだが――

ふいに雪のなかに化鳥のようにおどり出た影がある。その腰から、するどい銀光がほとばしり、旋空をえがいた。

ピィーン

鋼をはじく音が聞こえ、捕り縄は弾き返されている。藤吉ほどの捕り縄名人が、その反動で、後ろに押し返され、危うく尻もちをつきそうになった。

それでも、からくも体勢を持ちなおしたのは。さすがに藤吉で、すばやく捕り縄を引きあげると、パッと飛びすさった。

女の悲鳴が聞こえた。

おふみだ。おふみは、よろよろと体を泳がせて、橋の欄干にすがりついた。その傘が雪を落として、バサリと落ちる。

どうやら、おふみはこれまで幻術にかかっていたらしい。おそらく、剣が抜き払われたのを見て、われに返ったのだろう。わなわなと唇を震わせながら、欄干を背にし、立ちすくんでいる。

もっとも、いまの藤吉はおふみどころではない。

雪のなかにのっそりと人影が立ちはだかった。

浪人者だ。

剣を一閃させ、捕り縄を払いのけると、電光石火、その剣をふたたび鞘におさめた。

その浪人者を見て、

「て、てめえは……」

藤吉は絶句した。

その男は——弓師備後だった。

その顔はいつもながらの無表情だ。懐手《ふところで》をして、のっそりと立っている。ほとんど無防備といっていいぐらい、その全身からゆったりと力を抜いていた。たったいま、長剣を抜いて、捕り縄を払いのけたのが、信じられないほどだった。

それだけに、なおさら、備後の一瞬の居合いの妙技が恐ろしい。抜いた、と思ったときには、もう鍔を鳴らせて、鞘におさまっている。ほとんど神技の域に達しているといっていい。

藤吉は、この弓師備後が、居合い抜きの妙技を見せ、歯磨きを売って、糊口をしのいでいるのを思いだした。正直なところ、たかが歯磨き売りとあなどって、その腕を見くびっていたのだが、この男の居合いは、どうして大道芸の一言でたやすく片づけられるものではない。

備後と対峙して、藤吉は不覚にも、膝がガクガクと震えるのを覚えた。

備後は表情を変えずに、

「来るな、来れば斬る」

そうボソリと短くいうと、藤吉に背中を向けた。

そのまま雪のなかを歩き去っていく。

藤吉が後ろから襲いかかってくることなど少しも考えていないらしい。藤吉のことなど問題にもしていないのだ。

——ちくしょう。

藤吉は歯ぎしりをしたが、情けないことに、一歩もあとを追うことができなかった。金縛りにあったように、足がすくんでしまっている。

やがて、降りしきる雪が、備後と、駕籠をかき消してしまう。

「………」

藤吉はただ無力に降りしきる雪を見ているだけだ。自分がなにか悪い夢でも見ていたかのように感じた。

背後から女の泣き声が聞こえてきた。

それまで、藤吉とおなじように、おふみも呆然と立ちつくしていた。それがふいに身をひるがえすと、橋の欄干を乗り越えようとしたのだ。

藤吉は雪を蹴った。橋から身を投げようとしたおふみを背後から抱きしめる。おふみは身もだえしたが、むろん、その腕を離すようなことはしない。

「悪い料簡《りようけん》を起こすんじゃねえ。この寒空に冷てえ真似をしてどうなるもんでもなかろうに」

「後生だから死なせてください。わたしはおめおめ生きてなんかいられない身なんですよ。お慈悲だと思って、どうか死なせて……」

おふみは悲痛な声を振りしぼって、

「なんて情けない。あんな九十九《くぐつ》のたぶらかしにかかって、こともあろうに、お節さんのかどわかしに手を貸しちまった。つくづく自分が情けない。わたしはどうあっても生きてなんかいられないんですよ」

「なに、くぐつ――」

藤吉はギクリとしておふみの顔を覗き込んだ。

5

節季候《せきぞろ》がねり歩いている。

紙の頭巾をかぶり、墨絵の松竹梅を描いた紙の前垂れをつけ、

「せきぞろ目出たい目出たい」

と囃《はや》してまわって歩く。

その節季候の姿が消えると、両国広小路はがらんとして、ただ冬の日射しだけが空しく澄んでいる。

昨夜の雪が消え残り、それが土に溶けて、点々と、いたるところに、どぶのような跡を残している。その消え残った雪にも、日の光が反射し、それが白い霧がかすんだように、全体にボウと滲んでいた。

藤吉は路上にたたずんで、

——こいつはとんでもねえ空足を踏んだようだぜ。

チッ、と舌打ちをした。

いつもなら、見せ物の小屋掛けが建ちならんでいる広小路だが、今日にかぎって、見せ物小屋など一軒もない。もともと広小路の見せ物が、すべて常設小屋ではなく、小屋掛けであるのは、いつでも取り払うことができる、ということを条件にし、その興行を許されているからだ。

両国広小路には、橋をはさんで、将軍の御上がり場が二箇所ある。将軍が鷹狩りに出かけるときには、この御上がり場から乗船するならわしになっていて、鷹御成りの当日には、すべての見せ物小屋は取り払われることになる。

うかつにも藤吉は知らなかったのだが、こんなにきれいに見せ物小屋が取り払われているところを見ると、今日は、将軍の鷹御成りの日なのだろう。

取り払うといっても、ただ縁台を片づけ、囲ったむしろを巻き、残った丸太の柱を抜くだけのことだ。あとは地面に箒目《ほうきめ》を入れれば、それでもう、きれいに見せ物小屋は消えてなくなってしまう。

ふだん、ほとんど気にかけたこともない見せ物小屋だが、いざ、それがなくなってみると、櫛の歯を引いたように淋しい。

卯花ずしや、幾世餅の食い物店、それに並び茶屋や、矢場などが点々と並んでいるだけで、それもすべて戸を閉ざしている。

見せ物の興行があるときには、気がついたこともない隅田川の川波が、ひたひたと淋しげに聞こえていた。

ふと藤吉は、

——江戸というのはこんなに淋しいところだったかな。

そんな妙なことを考えた。

どうも上野の寛永寺が焼けてから、なにか江戸から芯のようなものが抜けてしまったように感じられてならない。いつもながらに賑わっているように見え、どこか活気が失われているように感じられる。

どこがどうと具体的に指摘することはできないのだが、なにか祭りが終わったあとのような気の抜けた淋しさが感じられてならないのだ。

しばらく藤吉はぼんやりと路上に立ちつくしていたが、

——なに、そんなことがあるもんか。茗荷谷の藤吉もやきがまわった。おおかた、おれが老いぼれたんだろうよ。

そう気を取りなおし、人気のない広小路をぶらぶらと歩きだした。

なんとか身投げを思いとどまらせ、おふみから、広小路の見せ物小屋で九十九《くぐつ》に幻術をかけられたらしいことを、ようやく聞きだすことができた。

おいおい話を聞くうちに、どうやら、おふみは、ずいぶん以前から、九十九にあやつられていたらしいことが分かった。とんと狐にとり憑かれたか、天狗にさらわれたかのようで、それからの記憶がぼんやりとかすんで、はっきりとしないらしい。

なんでも九十九にあやつられるまま、おふみは、あちこち心当たりを訪ねて、重四郎の行方を探していたようなのだ。重四郎の行方はようとして知れず、とうとう九十九はしびれを切らしたのか、おふみを利用して、お節をかどわかすという非常手段に出た。

つまるところ、それだけ重四郎の行方が知れないのを、九十九が気にかけているということなのだろうが、そんな話を聞いて、藤吉もいよいよ重四郎の身が心配になってしまった。

――重四郎さんはどうやら、ただの傘張り浪人ではないらしい。そうでなければ、江戸の稼業が百あれば、そのうち九十九には必ずその息がかかっているという、あのくぐつの化け物が、そんなに重四郎さんのことを気にかけるはずがねえ。

しかし、藤吉としては、とりあえずは重四郎よりも、なんとしてもお節の行方を探しあてなければならない。

お節がかどわかされたことを知って、菊村のおかみさんは半狂乱になってしまった。菊村の旦那はよくできた人で、藤吉をなじるようなことは一言も口に出さなかったが、それだけに、藤吉は申し訳がたたなくて、ろくに顔をあげることもできなかった。

——ちくしょう。とんだ江戸っ子の面汚しだ。このままじゃ面目なくて、江戸の町をまともに歩けねえ。こうなりゃ、骨がしゃりになっても、お節さんの行方を突きとめずにおくものかよ。

藤吉はあらためてそう決心をかため、九十九を探しあてるつもりで、広小路に足を運んできたのだが……

その肝心の九十九が現れたという見せ物小屋が取り払われているのでは、この先、どう探索をたぐっていったらいいか、ただ途方にくれるばかりだった。

藤吉の子分は、手先、下っ引を含めれば、おそらく優に二十人を越すだろう。ほんとうなら、何があっても、その子分たちを走らせるところだが、世間の手前、若い娘がかどわかされたことを、あまり大っぴらにするのははばかられる。菊村のひとり娘がかどわかされたとあっては、どんな心ない噂が流されるか、知れたものではない。

それを考えて、とりあえず藤吉はひとりで動くことにしたのだが、いざこうなってみると、それも考えなおしたほうがいいかもしれない。

藤吉はあごを撫で、

——仕方がねえ。こうなりゃ口のかたそうな手先を何人か探索に当たらせるか。

そう思案した。

ふと藤吉の表情が変わった。何気ないふうをよそおって、つと大通りをそれ、食べ物店の路地に入る。

こんなところは、さすがに年季の入った岡っ引で、やることにそつがない。

広小路の大道をひとりの年寄りがとぼとぼと歩いていく。

腰が曲がって、足もとも覚つかない、見るからに貧相な年寄りで、そうやって歩いているのがふしぎなほどだ。

藤吉は、路地の軒下に身を寄せて、ジッとその年寄りの姿を見つめている。

——あいつ、たしか重四郎さんの長屋の番太じゃなかったかな。そうそう、名を善助とかいった。なんで、いまどき、こんなところを歩いているんだろう。

なんとはなしに、藤吉の勘にぴんと触れるものがあるのを感じた。

長年、こんな稼業をしていると、よくこんなことがある。自分でも分からぬうちに、勘が働いて、その勘がなんとはなしに事件の解決に導いてくれるものだ。

善助をやり過ごし、藤吉はそのあとをつけ始めた。

6

善助は越中島に踏み込んでいった。

越中島は隅田川の河口にあって、海に接している。そのために、風波にさらされ、被害が絶えない。

その干潟を、おびただしい浚土やゴミで埋めつくし、広大な敷地を擁しているにもかかわらず、ほとんど人が移り住もうとしないのも、そのせいかもしれない。

藤吉は岡っ引という稼業がら、江戸はあまさず知りつくしている。その藤吉が、どういうものか、この越中島にだけはとんと縁がなくて、これまで一度も足を踏み入れたことがない。それだけ人の出入りのとぼしい地域ということなのだろう。

善助のあとをつけながら、

——こんなところに何の用がありやがるんだろう？

いよいよ藤吉がそのことを不審に思ったのも当然だろう。

越中島は隅田川を舟でたどるばかりではなく、陸を伝っても渡ることができる。

その見かけによらず、番太郎の善助は、足が達者なようだ。越中島から、越中島新田、海面付き請け地にと、休むことなく歩きつづけて、越中島の先端にどんどん踏み込んでいく。

わずかながらあった人家もとぎれ、見渡すかぎり、ただ粉をふいたように、薄く雪に覆われた荒野が拡がっているばかり。

その地平が、重く垂れこめた雲に溶け込んで、暗い色に閉ざされ、はるかな海鳴りをとどろかせている。

一瞥するだけで、むやみに気の重くなるような、そんな荒涼とした景色だった。

善助のあとを追って、越中島を先地に進んでいくうちに、藤吉はしだいに気持ちが滅入っていくのを覚えた。

気持ちが滅入り、なんだか全身が重くなっていくようなのだ。どうしたことか、自分がひどく罪深いことをしているような、そんな罪悪感に胸をさいなまれる。

越中島を先に進んでいくにつれ、なんとも足どりが重くなり、首が力なくうなだれてしまう。

——こんなことをしちゃいけねえ。

しきりに、そんな声が頭のなかに聞こえてくるのだが、実際には、何がこんなことであるのか、それすら分からない。ましてや、どうしてこんなことをしてはいけないのか、その理由がかいもく見当もつかない。

気がついてみると、風邪でもひいたかのように、体がわなないている。全身に冷たい汗が滲んで、その汗が、あごの先からポタポタとしたたり落ちていた。

何度か引き返そうとした。もうこれ以上は一歩も先に進めない、そんな絶望感にみまわれたこともある。

——こんなところに踏み込んだのが誤りだったんだ。

そう胸のなかで囁く声がある。

罪悪感はいよいよ重く胸をふさいで、石を飲んだような息苦しさを覚える。あまりの苦しさに涙まで滲んできたようだ。

しかし、藤吉は歯を食いしばり、ともすると怯《ひる》みそうになる自分を、懸命に叱りつけながら、一歩、一歩、足を踏みしめるようにして、善助のあとをつけていく。

どうして越中島の先地を進んでいくのが、こんなに苦しくてならないのか、自分でもよく分からない。この胸を重くふさぐ罪悪感が何によるものなのか、なおさら、それは分からない。

だが、

——こんなことで怯んだんじゃ、江戸っ子の名折れというもんだぜ。

その意地だけが、いまの藤吉をつき動かしているようだった。

意地で進んでいるうちに、なんだか視界まで曇ってきたようだ。暗鬱な霧が低く垂れこめ、一面に滲んで、どんよりと視野がよどんでいる。

どうして、いきなり霧がたちこめたのか、もちろん、そんなことが藤吉に分かるはずがない。一面にたちこめた霧は、それこそ壁のように行く手に立ちふさがって、人がそれ以上、さきに進んでいくのを冷然とはばんでいるように感じられた。

そんな暗い霧のなかを、それでも善助の行方を追うことができるのは、ときおり、あちこちで、ボッ、ボッ、と青白い炎が噴きあがるからだった。

その青白い炎に、霧が映えて、善助の後ろ姿がぼんやりと浮かぶ。

このころには藤吉の精神状態もすこしおかしくなっていたのかもしれない。

――これが噂に聞く越中島の鬼火というやつかもしれねえ。

そう思いながらも、すこしも、そのことを不自然には感じないようになっていた。越中島に鬼火が出没するのが、なんだか、ごく当たりまえのことであるような、そんな思いにとらわれていた。

暗い霧を透かして、鬼火がともる。鬼火がともるたびに、それが暈光のように、霧に青く染み込んだ。

その鬼火だけでは、いささか心もとないが、善助は、この霧のなかを歩き慣れているらしく、いつのまにか、その手にぶら提灯をともしている。

鬼火の明かりに、ぶら提灯――

なにはともあれ、それを頼りに、善助の後ろ姿に視線をさだめながら、藤吉は、懸命にそのあとをつけていく。

いまの藤吉は、岡っ引の意地にかろうじて支えられ、なんとか体を動かしつづけているようなものだった。

ふいに霧が晴れた。

こんなにいきなり霧が晴れたりするものだろうか。振り返れば、すぐそこに、暗い霧の壁が立ちふさがっている。霧が晴れたというより、霧の壁を突き抜けた、といったほうがいいかもしれない。

霧の壁を抜けたとたんに、全身に重くわだかまっていた疲労感も、これもまた嘘のように、きれいに消えてなくなってしまった。

――な、なんでえ。こいつはいったいどうしちまったんだ？

藤吉は立ちすくんだ。

あいかわらず越中島の荒れ地が拡がっている。はるか遠くから潮騒の響きがとどろいているのも変わりない。

しかし、奇妙なのは、島のいたるところに、細い筒のようなものが突きだしていることだ。さしわたし三寸（およそ十センチ）ぐらいの筒で、それが地表から、十尺（三メートルあまり）も突きだしている。そんな筒が島のそこかしこに、物干し棹を突き刺したようにたっているのだ。

――はて、あれは何なのかね。

藤吉は首をかしげたが、むろん考えたところで、そんなことが分かるはずがない。
――こんなことをしちゃいられねえ。
すぐに気をとりなおして、また善助のあとを追った。

小さな小屋がある。板葺きの屋根に、こも掛けの、小屋ともいえないような小屋だ。
善助がその小屋のなかに入っていく。
それと入れ替わりのように、ふらり、とひとりの男が小屋の外に出てきた。
「あっ」
藤吉は思わず声をあげている。
その男は……弓削重四郎だったのだ。
――よかった。元気でいなさった。
藤吉は走りだそうとして、ふいに、その足をとめた。
体がすくんでしまった。それ以上、一歩もさきに進むことができなかった。
重四郎をかこんで、ふいにバラバラと何人もの人影が、おどり出てきたのだ。
いずれも黒漆塗りの笠に、黒い桐油を着込んだ男たちだった。男たちは、重四郎をかこんで、じりじりとその輪を縮めている。

ひとりが声をあげれば、おそらく、その全員が一斉に、重四郎に襲いかかっていくのにちがいない。

7

「せっかく、とっつあんが舟を引っくり返して逃がしてくれたんだが、いけねえや、あれでくたばったとは思っちゃくれなかったらしいぜ」

重四郎は笑い声をあげると、小屋を振り返った。

「よっぽど後生が悪いらしい。おれなんぞは業が滅しねえから、安々とは死なせてくれねえや」

が、そのときには、もう善助の姿は小屋から消え失せている。さすがに切り首の善十、あいかわらず、その逃げっぷりはあざやかなものだ。

重四郎は苦笑し、いったん小屋のなかに後ずさると、善助が置いていったぶら提灯を取って、ふたたび小屋の外に出た。

桐油を着込んだ男たちをぐるりと見まわして、

「あんたたちは、よほど、おれが生きているのが目ざわりらしい。どうせ風ふいたおさぶの貧乏浪人だ。お望みとあらば、あの世とやらに行ってやってもいいが、なんでも黄泉路《よみ》というところはずいぶん暗いらしい。提灯がなければ歩かれねえ」

男たちは沈黙している。ただ殺気だけが満ちていく。じりじりとその輪を縮めているのは、おそらく、また一斉に、その槍を突き入れてくるつもりなのだろう。

重四郎はあいかわらずの剃げちょろ鞘の脇差し一振り、その柄に手を触れるでもなく、ただ、ぶら提灯をスッとかかげると、

「遠慮はいらねえ。かかって来なよ」

ふいに地を蹴った。

とっさに、ひとりの男が槍を突き入れてきたが、それをからくもかわし、重四郎は走った。

男たちは不吉なカラスのように、桐油をひるがえし、重四郎のあとを追う。

ひとりの男が走りながら、槍を投げる。

槍は一直線に飛んで、逃げる重四郎の袴の裾を、ぐさり、と縫《ぬ》った。

重四郎は足をもつれさせ、たまらず、転んだ。

槍を投げつけた男が、すらり、と剣を鞘走らせ、跳躍しざま、上段からするどく撃ち込んできた。

とっさに重四郎は槍を抜くと、あおむけに寝ころんだまま、それを突きあげた。

槍の穂は、深々と、男の喉をえぐり込んでいる。血がほとばしった。上段から撃ち込まれた剣が地面に食い込んだ。

重四郎は槍を捨てると、すかさず立ちあがる。そのときにも、まだ左手に、提灯を持ったままだ。

男たちは五人、桐油の裾をひるがえし、槍をかまえながら、殺到してきた。

重四郎は飛びすさる。

飛びすさり、さらに飛びすさって、脇差しを抜いた。

男たちに、くるり、と背を向けると、脇差しを斜めに撥ねあげた。

そこにあの筒があった。

筒は、カタン、と乾いた音をたて、斜めに切り口を見せ、両断された。

その筒が地に落ちたときには、重四郎は提灯を放り投げ、それをまっぷたつに切り裂いていた。

炎が噴きあげられた。斜めになった筒から炎が噴きだし、それが殺到してきた男たちの顔を、めらめらと焼いた。

男たちはいずれも桐油を着込んでいる。その桐油に火が焼え移った。男たちは悲鳴をあげ、あるいは地面に転がり、あるいは桐油を脱ぎ捨てようとした。

いや、それもほんの一瞬のことで、火だるまになりながらも、そんなことで男たちの闘志は削がれなかったようだ。

すぐに思いなおし、絶叫を振りしぼりながら、槍を突きいれ、重四郎に向かって突っ込んできた。

が、いかに男たちが闘志に満ち、槍術に優れていても、その身を火に焼かれながらでは、存分に戦うことなどできるはずがない。

重四郎が男たちのあいだを走り抜けた。

その剣が、きらっ、きらっ、と右に左に撥ねあがり——

男たちは血しぶきをあげながら、ことごとく地にくずおれていった。

地に伏してからも、男たちの体は炎を噴きあげている。

血に濡れた脇差しを下げ、それを見つめる重四郎の目が、ひどく暗かった。

背後に人の気配がした。

振り返った重四郎の目に、弓師備後の姿が映った。

備後は無表情だ。人が燃えながら死んでいくのを見ても、その顔には毛ほどの動揺の色も見られなかった。

「とうとう、おまえもこの世のことわりに気がついたようだな」

備後がボソリといった。

「この世の中のとんでもないからくり仕掛けに気がついたらしい」

「……」

重四郎は沈黙している。その顔がわずかに青ざめていた。

「この地面の下ではゴミが分解している。メタンガスが発生しているんだ。それを抜くために、こうしてパイプを突き刺して、エネルギーを外に放出している。ときおり、そのガスが自然発火する。それがつまり越中島の鬼火の正体さ。そのことに気がついたのは、つまりは、おまえもこの世のからくり仕掛けに気がついたということなんだろうよ」

　備後は唇を歪めて、

「阿波屋利兵衛がおまえのことを待ちかまえているぞ。おまえと一緒に、この世のからくり仕掛けがどうなっているのか、それをとことん突きとめたいんだそうだ。行こう」

「どこへ行くんだ？」

　初めて重四郎が口をきいた。

「この越中島の地下には大きな抜け穴が通っている。なんでもそれが江戸からあの世に抜ける胎内道らしい。利兵衛はその胎内道を抜けるつもりでいるようだ。一緒に行くか」

　ああ、と重四郎はうなずいて、

「行くさ」

　重四郎と、あの備後という浪人者のふたりの姿が、地平の果てに遠ざかっていくのを見ながら、藤吉はそのあとを追うこともできずにいた。

　どうしてか、これからさきは、藤吉なんかが踏み込んでいけるような場所ではない、そんな気が強くしたのだ。

「重四郎さん――」

藤吉はボソリとつぶやいた。

なんだか、ひどく切なく、淋しい思いにみまわれていた。

江戸幻想談

1

何の変哲もない横穴にしか見えない。埋め立て地が盛りあがり、その斜面にぽっかりと穴が開いている。それもぼうぼうと生い茂る雑草に隠され、ほとんど見通すことができないほどだ。

これが江戸をつらぬく大洞窟の入り口だという。

これまでのいきさつがなければ、重四郎も笑いとばして、はなから本気にしなかっただろう。

背中をかがめて、ようやく通り抜けができるぐらいの横穴だ。まともな神経の持ち主であれば、とても、そんな話は信じられないにちがいない。

しかし、重四郎は信じた。信じざるをえない。

寛永寺が焼けてからいろんなことが起こった。起こりすぎたといっていい。そのほとんどが、常識ではとうてい測りきれないことであり、いまとなっては、どんな突拍子もないことも信じられる気になっている。

なにより、重四郎の胸に、なにか得体の知れないものが湧きあがり、それが、しだいに微妙な輪郭をとりつつあるらしい。これまで意識下に押しこめられ、忘れられていたものが一気に噴きだしてきた……そんな印象がある。

いってみれば、頭のなかでカチリと音をたてて、スイッチが外された、そんなところだろう。

——スイッチ？

いまの重四郎はもうそんな言葉を何の違和感もなしに使うようになっていた。

穴のまえにうずくまり、なかを提灯で照らしてみる。

提灯の明かりはとぼしい。わずかに洞壁は浮かびあがるが、光は闇に滲んで、やがて消えてしまう。あとはただ、闇をのんで、どこまでも洞穴が伸びているだけだ。洞穴を覗き込む顔に、かすかに風を感じた。

重四郎とならんで、洞穴を覗き込んでいる備後が、

「提灯の明かりじゃ役にたたないな。せめて懐中電灯でもあればいいんだが」

そう口のなかでつぶやく。

ああ、と重四郎はうなずき、ふと懐中電灯という言葉の異常さに気がついて、あらためて備後の顔を見る。

――天保時代に懐中電灯などという言葉はないはずだ。それなのに、おれも備後もその言葉を使い、しかも、それが何であるかを知っている。

どうやら備後の記憶にも何か異変が起きつつあるらしい。記憶の底に埋められていた記憶が、しだいにあらわになっていく。土が風に吹きとばされ、その下の岩層があらわれていくのに似ていた。いったん、あらわになった記憶は、もう二度と埋められてしまうことはない。

――おれたちはもう江戸の人間ではない。天保の時代の人間ではない。

そんな思いが重四郎の胸をえぐった。それは悲しみに似た、思いがけなく、するどい喪失感だった。

「どうする？　入るか」

備後が問いかけてきた。

ああ、と重四郎はうなずいた。

「ここまで来てしまったんだ。入らないわけにはいかないだろう」

ここまで、こんなはるか遠くまで来てしまった。あのしみじみと懐かしい、情緒に富んだ江戸の町はすでに遠い。もういまさら引き返すわけにはいかない。

ああ、と重四郎はもう一度、うなずいて、

「行くさ。こうなれば最後まで見とどけるほかはあるまい」

きっぱりとした声でそういった。その声はするどく、未練を断って、重四郎の胸に痛みを残した。

2

提灯の火が揺れる。

その明かりがかすかに洞壁を照らす。洞穴はなだらかな勾配をえがいて、わずかに下っているようだ。ゆるやかに、しかし、どこまでも下がっていく。

初めのうちは、腰をかがめなければ、先に進めなかった。それがしだいに天井が高くなり、やがては腰を伸ばして、楽に歩いていけるようになった。

意外に息苦しくない。それどころか、ひんやりと涼しく、わずかに風も吹いているらしい。

四半刻（三十分）も歩いたろうか？

洞穴の前方がぼんやりと明るくなった。前方に楕円形に光が浮かんでいる。どうやら、そこで洞穴はとぎれているらしい。

重四郎と備後は、チラリ、と視線をかわしあったが、そのまま何もいわずに、先に進んでいった。

もうどんなことがあっても後戻りはできない。そのことはもう、ふたりとも分かっていることだった。こうなれば、とことん最後まで、この洞穴を進んでいくほかはない。

ふいに視界がひらけた。

大伽藍のような大きな空間だ。いきなり天井が高くなり、洞壁も左右に拡がって、どこまでも伸びている。これまで狭い洞穴ばかり進んできたその反動で、グラリとめまいに似た感覚を覚える。天井にも、洞壁にも、裂け目はないのに、霧がたちこめるように、全体にボウと淡い光が瀰漫《びまん》している。

そのはるか高みに達する洞壁に、何重にもひな段のように岩棚が刻まれ、それがどこまでもうねってつづいている。

その岩棚のうえをよぎる影が、五人、六人、いや、とっさには数えきれないほどの人数が、そこかしこにうごめいている。洞窟のなかに満ちている光が、ぼんやりと大きな影法師を洞壁に滲ませていた。

いずれも僧頭で、墨染めの破れ衣をまとっている。僧侶というより、ちょんがれ坊主、毛坊主のたぐいであるらしい。

その乞食坊主たちが、あるいは数珠をすりあわせ、あるいは鉦《かね》をたたいて、お経を詠《よ》んでいる。

いや、これをお経といえるかどうか、どうやらアホダラ経であるらしい。

　世間が詰まれば、真鍮ぎせるが銀になるやら、娘子供が芸者になるやら、鍋茶釜でも四文の通用、四貫の相場が五貫になるやら、三汁五菜が湯漬けになるやら、町人百姓が乞食になるやら、これでは茶釜がやかんと化けても、ご無理はあるまい、このすえ大切用心しなさい。

江戸の町に、ちょんがれ坊主の姿はめずらしくない。坊主と名のってはいるが、ありていにいえば、乞食のようなもので、アホダラ経をとなえたり、かっぽれを踊ったりして、辻々を歩いて、一文、二文のびた銭を稼ぐ。

江戸の人間は、アホダラ経などいいかげん聞き飽きているのだが、さすがにこんなに何十人もの坊主が声をあわせているのを耳にしたことはない。

あげくのはてには油も費《つい》えだ、髪結いも費えだ、坊主になれとのお触れがまわろう、今から衣の支度をしなさい、あんまり違いはあるまい、うるさいこんだにほう。

その声が洞窟にいんいんとこだましていることもあるだろう。本来、ひょうきんなはずのアホダラ経が、こんなに大勢の人間の口にかかると、なにか御詠歌のように単調で不気味なものに聞こえる。

さすがにものに動じない備後が、あっけにとられた表情になり、

「何だ、こいつらは?」

そう口のなかでつぶやいた。

あっけにとられているのは重四郎もおなじで、ただ呆然と立ちすくんでいるばかりだった。


あんまり違いはあるまい、うるさいこんだにほう。


ようやくアホダラ経がやんだ。何十人とも知れないちょんがら坊主は、そのまま岩棚におさまって、しんと静まりかえっている。

なにやら不吉なカラスの群れが一斉に羽を休めているように見えないこともない。

どうやら、ちょんがれ坊主たちは、重四郎たちを凝視しているようだ。その視線にさらされていると、なにか背筋のあたりが、ゾクゾクと寒くなってくるのを感じた。

——そういえば。

ふと重四郎は以前、だれかから聞いた噂話を思いだしていた。

——なんでも願人坊主は幕府が諸国から集めた隠密たちだというではないか。

もちろん、噂の真偽はさだかではない。しかし、あながち、ありえない話ともいえないだろう。

願人坊主は、江戸の町に数百といて、だれからも怪しまれることなく、どんな裏長屋、辻にも入り込んでいくことができる。

たしかに隠密としては、こんなに格好な存在はいないにちがいない。

——ごもく改めとおなじだ。

そんなことを考えた。

ごもく改めにせよ、徳兵衛の時鐘打ちにせよ、いってみれば、江戸の町をつがなく回していくための機関のようなものだ。隠密を引き受けているのだとしたら、ちょんがれ坊主も、やはり江戸の町を回転させるための機関であるだろう。

いや、そんなことをいえば、重四郎、備後ふたりも、江戸に侵入する〝魔〟を追い払う機関といえないこともない。

——なんでも、この江戸の町は、無理にむりをかさねて、ようやく成りたっている、そんな危ういものらしい。放っておけば、江戸の町はすぐにも二進《にっち》も三進《さっち》もいかなくなってしまう。エントロピーが増大して、ついには崩壊してしまう。

いまになって、阿波屋利兵衛のその言葉が得心のいく思いがする。

〝エントロピー増大の法則〟は宇宙の基本律だ。エントロピーは〝無秩序律〟という言葉で翻訳されている。つまり、どんなものも時を追うにつれ、秩序が乱れていく……それが〝エントロピー増大の法則〟だ。

阿波屋利兵衛、およその徳兵衛、重四郎たち——いや、それこそ、ごもく改めから、ちょんがれ坊主にいたるまで、すべて、江戸の町に増大するエントロピーを抑制するための機関であるわけだ。

しかし、どんなにその機関が精緻に作動しても、宇宙の基本律から完全に逃れるわけにはいかない。どんなものも、〝エントロピー増大の法則〟をまぬがれることはできず、やがてはほころびが生じ、破綻が生じることになってしまう。

——つまりはそれが〝魔〟なのだろう。

いまになって、重四郎はそう納得のいく思いがするのだ。

どうやら、江戸の町は本物の江戸の町ではなく、重四郎たちも本物の江戸の人間ではないらしい。

おそらく、そのことは備後も気がついているのにちがいない。気がついていればこそ懐中電灯などという言葉が自然に口をついて出るのだろう。

カラスの群れのように静まりかえっていたちょんがれ坊主たちが、ふいに墨染めの衣をざわめかせ、岩棚にうごめいた。そのなかのひとりが、カーッ、としゃがれ声を張りあげたが、それもやはりカラスの不吉な鳴き声であるかのようだった。

「よくぞ、ここまでやって来た。誉めてやろうぞ、弓削重四郎、弓師備後――」

かすれた声が洞壁にこだまする。

「だが、ここから先は、江戸であって江戸ではない。暗い、暗い冥土であるわい。いったん冥土に足を踏み入れた人間は、もう江戸には戻ることがかなわぬ。うぬらは死んだ人間も同様になるのだ。それを知って、なおも、ここから先に進む気があるか、よくよく思案することだ」

カラスの笑い声が洞窟に響きわたる。その反響のなか、ちょんがれ坊主たちが一斉に声をそろえて、

いまから衣の支度をなさい。あんまり違いはあるまい。

それに重四郎が返事をするより早く、

「知れたことだ。よしんば冥土が灼熱地獄であろうと、いまさら引き返すことができるものか。ここまで来たら、何がどんなからくりになっているのか、最後まで見とどけずにはおくものかよ」

備後がそう吐き捨てるようにいった。

この、いつも無表情な男が、このときばかりはその顔に暗く鬱屈したような怒りをみなぎらせている。備後も、重四郎とおなじく、しょせんは将棋の駒にすぎなかった自分自身の存在に、やりきれない怒りを覚えているのにちがいない。

ふいに洞壁の奥から、ズズーン、というようなくぐもった響きが聞こえると、その一部がぽっかり開いた。

人間がようやく立ってくぐれるぐらいの狭い入り口だ。その奥から、かすかに聞こえてくるのは、水の音であるらしい。

進路さえさだまれば、もう、ちょんがれ坊主たちなどにかまってはいられない。

備後がチラリと重四郎の顔を見る。

「…………」

重四郎がうなずくのを確かめて、先にたって、その入り口に向かった。

ふたりの背後に、ちょんがれ坊主たちの唱えるアホダラ経が響いた。


ご無理はあるまい、このすえ大切用心しなさい。

3

あっけにとられた。

広い洞床をつらぬいて、その真ん中に、一筋の川が流れているのだ。

ここにもやはり自然光とも人工灯ともつかない明かりが霧のように瀰漫している。そのぼんやりと淡い明かりのなか、速い川の流れが、きらきらと光を反射している。

一筋の川を擁して、洞道は、目路《めじ》の達するかぎり、どこまでも延々とつらなって延びている。

川の流れは、ゴウゴウ、と洞窟にこだまを返して、耳を聾《ろう》さんばかり。

その川の流れにおびただしい数の男女が入っている。

いずれも丸裸、乳のあたりまで水につかって、口々に、
さんげさんげ六根ざいしょう、おしめにはったい、こんごう童子、大山大聖不動明王、石尊大権現、大天狗小天狗。

そう大声でとなえている。

これは七日の千垢離《せんごり》だ。向両国の垢離場につかって、利生を祈るために、川水をあびて身心を清める。ほんとうは一度に千回、終始七千回、川水をあびるのだが、いちいち川を出入りしなくても、ただ身をかがめて立つだけで、一回が済んだという計算になる。

七日の千垢離は、かつて江戸時代に栄え、そして後世には、完全に忘れ去られた行事のひとつだといえる。

もちろん、重四郎も備後も天保時代に生きたということになっているから、千垢離などはそんなにめずらしくはない。

しかし——

いかに向両国の垢離場に、大勢の人間がつかるといっても、川筋がつらなるかぎり、ずらりと裸の人間が水垢離をしている、こんな情景はこれまで目にしたことがない。

ふたりが、一瞬、われを忘れて、呆然と立ちすくんでしまうのも当然のことだった。

水垢離をしている男女は、それぞれ手に、ワラでむすんだ銭さしを持っている。その銭さしを指でくって、何回、水垢離をしたか、それを勘定するのだった。

しばらく、重四郎はあっけにとられて沈黙していたが、やがて、ううむ、と唸り声をあげて、

「この連中は、ここできれいに現世の記憶を忘れて、江戸の人間になりきっちまうんじゃないかな。おいらはそう見るね」

「そうかもしれぬ。そうだとすると——おれたちも一度はこうして水垢離をしたことになるな」

備後も唸るようにそういい、奇妙な表情になって、重四郎を見た。

「だが、おたがい、せっかくの水垢離が無駄になってしまったようだな。どうやら、おれたちは思いださなくてもいいことを思いだしてしまったらしい」

備後にはめずらしく感傷的な口調だ。その顔には楽園を追われた人間の寂寥感が滲ん

でいるようだった。

重四郎は、備後から顔をそむけると、行こう、行こう、とうながした。

ああ、行こう、と備後はうなずいた。

「あのちょんがれ坊主たちにいったように、おれたちはここまで来てしまった。いまさらもう引き返すに引き返せぬさ」

ふたりは川筋にそって、洞道を歩きはじめた。

ふたりが歩くにつれ、水垢離をしている裸の男女は、それぞれ手にしている銭さしを川に投げ込んでいった。

銭さしが流れれば大願成就、よどんで流れないようであれば不吉、そんな言い伝えがある。

おそらく、これはふたりの前途を占っているのだろうが、ほとんどの銭さしは流れることなく、そのまま沈んでしまったようだ。

ふたりの前途は不吉——

その不吉な前途に向かって、ふたりは歩を進めていく。

さんげさんげ六根ざいしょう

そんなふたりの背に、千垢離の声がわんわんと鳴って、反響していた。

滝に出た。

といっても人工の滝だ。川は滝にとぎれて、前方を崖がさえぎっている。その崖の岩組を縫って、箱樋《はこひ》が渡され、そこから水がほとばしり落ちている。そんなに水量のある滝ではないが、滝口が高いので、けっこう水の勢いは強い。

底には一面に切り石が敷かれ、水抜きの小みぞが刻まれているから、滝壺にはほとんど水が溜まっていない。そこに激しい勢いで滝が落ちるから、いたるところに真っ白な噴霧がむくむくと湧き起こっている。

どうやら、これは王子の滝を模しているらしい。王子の滝にうたれ、身体を冷やせば、乱心、逆上、頭痛など、気の病いをいやすことができる、という伝習がある。

これまで重四郎は一度も王子の滝を見物したことはない。が、話に聞くと、悩みを持つ男女が、日々、参集し、たいへんな賑わいであるらしい。

その滝のゴウゴウという響きのなか、声を張りあげて、

「この滝にうたれて気の病いをいやす。さっきの千垢離もそうだが、ここでも現世の記憶を捨てるというわけだろう。この滝をくぐり抜け、水にうたれて、江戸の人間になるということだ。よくできてやがる」

重四郎がいう。

ぼんやりとだが記憶がよみがえってきたらしい。これまで自分は天保の人間だと信じ込んできたが、どうやら、それは偽りの記憶であったようだ。その偽りの記憶をつき抜けて、現実の、芯のように硬い記憶が、しだいに浮かんできた。

「ああ、そういうことだな」

うなずいたところを見ると、備後も何か思いだしつつあるのだろう。

ふたりは前後して、岩をつたい、滝壺におりたった。

滝壺の敷石はぬれぬれと湿っているが、ほとんど水を溜めていない。袴の裾をわずかにたくしあげれば、衣類を濡らすことなく、滝に近づくことができる。

備後はまったく躊躇しなかった。

チラリ、と重四郎のほうを見はしたが、そのまま委細かまわず、滝のなかに足を踏み

込んでいった。

こうなれば行くところまで行こう。備後はそう一途に思いつめているらしい。その思いは重四郎もおなじだ。備後にしたがって滝をくぐり抜けた。

ドウドウ、と肌を切るように冷たい水が、ハンマーを振りおろすように、重四郎の全身に落ちかかってくる。視界が一転して水しぶきの噴煙につつまれる。水の重さに、一瞬、よろめいたが、なんとか足を踏ん張って、滝のなかを進んだ。

滝のなかを歩《あゆ》んでいきながら、たしかに重四郎は自分が現世から冥土にくぐり抜けようとしているのを感じていた。

滝を抜ける。

そこには深い霧がたちこめていた。霧はシューッシューッという音とともに、渦を巻いて流れ、ゆるやかに移動している。光が滲んで、その光が強弱にリズムを刻んでいた。まったく視界はきかない。

霧のなかに踏み込んでいく。

どうやら、この霧はなにかの消毒液のようだ。かすかに薬品のにおいがする。霧雨がしぐれるように、消毒液が降りかかり、それが全身を殺菌する。消毒液にぐしょ濡れになりながら、霧のなかを進んでいく。

霧を抜けると、今度は風だ。

ビョウビョウと吹きぬける風の音が周囲を圧した。いきなり、暴風のなかに足を踏み入れてしまったかのようで、さすがに、一瞬、たじろぐのを覚える。

しかし、こんなことにたじろいではいられない。

かまわず進んだ。

熱い風だ。それが三百六十度いたるところから吹きつけてくる。どうやら、この風は体を乾かすのと同時に、やはり、殺菌効果があるらしい。

赤外線灯が天井、壁、あらゆるところにギラギラとともり、視界は、ただ赤一色に染まっている。

熱い赤い風のなか、それに逆らい、上半身をかがめて、ひたすら、つき進んでいく。

ふいに風の音がやんだ。風のなかをつき抜けた。

重四郎と備後のふたりは呆然と立ちすくんだ。

とてつもなく広大な空間だ。

壁、床、天井、すべてがクロームと合成プラスチックで内装されている。壁には、はるか高みまで、コンピュータ端末パネルが塡《は》め込まれ、そのランプが超高層ビルの灯のように点滅をくりかえしている。

そのランプの点滅をさえぎって、おびただしいキャット・ウォークが縦横に交叉し、天井を幾何学形にきりとっている。床には、これもおびただしい数の電線スプールが走り、いたるところを貫いている通風ダクトとあいまって、なにか全体に巨大な迷路を覗き込んでいるかのようだ。

エア・コンディショニングの唸りが、かすかに翅音のように響いている。

床のそこかしこ、レールのうえを走っている小さなマシンは、おそらく補修点検ロボットだろう。そのマニュピュレータを小鬼のようにうごめかしている。

が、なんといっても、ふたりの視線を引きつけたのは、正面、斜めに塡め込まれている大きな船外監視スクリーンだろう。

暗く、はるかに深い空間に、点々と星がちりばめられ、きらめいている。

宇宙空間だ。

ふいに頭上のキャット・ウォークから、

「どうだ？　思いだしたろう」

そう声が降ってきた。

泣いているとも笑っているともつかない、しゃがれた声だった。はっきりと精神の逸脱を感じさせ、キーキー、と耳ざわりにかすれていた。

「……………」

ふたりは頭上を仰いだ。

キャット・ウォークからふたりを覗き込んでいるのは阿波屋利兵衛だ。

天井からの逆光になって、利兵衛がどんな表情をしているのか、それを見さだめることはできない。

ただ、

――もうあの明るく澄んだ目は曇ってしまっているだろう。

重四郎はふとそんなことを考えた。痛ましい思いが胸をつく。

「わたしはこの世のからくりが我慢できないとそういいました。この世には何かまやかしのようなものがある、いつもそう感じて生きてきた――」

利兵衛の声がヒステリックに高まる。どうやら、いま、その精神状態は正常と異常のあいだを危うくスゥイングしているらしい。

「しかし、まさか、まさかこんなからくりが仕掛けられているとは夢にも思いませんでした。こんなまやかしなんてあってていいもんじゃない。わたしはこんなことは思いだしたくもなかったんだ」

その語尾はほとんど絶叫のようになってしまった。ワンワンこだ、ま、するその絶叫を聞きながら、重四郎と備後のふたりは力なくうなだれるほかはなかった。

そう、こんなことは思いだしたくなかった。

あのしみじみと情感に満ちた江戸の町はすべてまがい物だった。あの江戸の町は、スペース・コロニー・タイプの宇宙船のなかに建造され、人々は江戸の町に生きていると信じながら、そのじつ、はるか外宇宙を航行しているのだった。

4

無重力の宇宙空間では構造重量は問題にならない。どんな巨大な宇宙船も建造可能であり、いったん初速さえ与えてやれば、どこまでも慣性航行していく。

地球はすでに汚染され、人類が生きるのにふさわしい星とはいえなくなっていた。

そのために、新たに人類が生きる惑星を求めて、深宇宙航行船を兼ねたスペース・コロニーが何隻も建造された。

残念ながら、太陽系には人類が生存できる惑星はない。はるか太陽系の外、深宇宙に生存の場を求め、世代から世代に、数十年の時間を費やし、惑星探査の宇宙航行に乗りだしていくほかはなかったのだ。

日本が建造したスペース・コロニー・シップは、収容可能人数、じつに八十万人、ほとんどひとつの衛星と呼んでもいい規模を誇っていた。

その回転遠心力で仮想重力をつくることもできるし、さらには反射鏡の角度を調整することで、恒星光を採り入れ、一日二十四時間の日照リズムも与えられている。

つまり、コロニーの住民は、回転遠心力を仮想重力とし、円筒カプセルの内壁にそって居住することになるわけだ。回転遠心力は一Gに調整され、地球上にいるのと寸分、変わらない生活を維持することができる。

カプセル内の光は微妙に屈折操作され、さらには気象装置の〝雲〟などによって、巧妙に視野がさえぎられているため、住民の視線が反対側の内壁に達することはない。円筒カプセルの直径は優に十キロを越えていて、住民が、はるか頭上に拡がっているコロニーに気がつくことはありえないのだ。

気象装置は〝雲〟をつくり、〝雨〟を降らせ、円筒カプセルのなかの気象は、完璧にコントロールされている。円筒カプセルは完璧に小地球と化していて、植物から動物、昆虫にいたるまで、一点の瑕瑾《かきん》もない生態系を構成している。

スペース・コロニーのハイテクには何の問題もない。実際の話、宇宙船としての航法システムには、まったく人間の容喙《ようかい》する余地は残していないのだ。コンピュータ・コンプレックスに完全に制御され、何重にもフェイル・セーフ・システムがとられ、どんな緊急事態にも対処できるようになっている。

唯一、問題があるとしたら——

それは三世代にわたって、地球時間で何十年も航行しなければならない、コロニー住民のストレスだけだろう。

とりわけ日本人は、発展成長コンプレックスとでもいうべき心象にとらわれていて、停滞した社会には、たやすく神経障害を引き起こしてしまう。どんなときにも活動しつづけなければ、容易に〝立ち腐れ〟してしまう、やっかいな民族なのだ。

が、そんな日本人にも、三百年近い年月の停滞に耐えていた歴史がある。

江戸時代だ。

この時代、停滞した時間のなかで、ただ文化だけが爛熟し、人々は一年を通じて儀式と行事をくりかえし、その果てしのない循環に満足していた。江戸情緒という独特の文化を生みだし、その連綿とつらなる〝情緒〟のなかにたゆたって、一生を終え、何の疑問もなしに死んでいった。

江戸の町を完璧なリサイクル社会だったとするのは、後世の環境論者の、いわば幻想にすぎない。

たしかに、江戸の人々は鍋、釜にいたるまで、修理に修理をかさね、つつましく生きるのを常としていた。

そのほとんどが床店ではあったらしいが、柳原の土手には古着屋が建ちならんでいたという。その一点だけを見ても、二十世紀後半からの凄まじい消費社会を謳歌した日本人とは、ほとんど別種の民族のように感じられるだろう。

農民が町家からこやしを買い、それを肥料として使ったことも、環境論者の〝江戸リサイクル社会〟説を助長する一因になったようだ。

現実には、江戸は、諸国の物産が集積される一大都市で、そのうえに経済が成立していたという一面があり、かならずしもリサイクル都市とはいえない。

しかし、少なくとも、後世のどんな時代よりも、社会の再生システムが完備していたとはいえるはずであり、人々がたゆたう江戸情緒のなかに停滞していたのは、まぎれもない事実であるだろう。

日本人は活動コンプレックスにとり憑かれている民族ではあるが、一面、江戸情緒のなかに塡まり込んでしまう心象をもあわせ持っている。

はるばる外宇宙をわたって、居住可能な惑星にたどり着くまで、なんとしても居住者には〝停滞〟にとどまってもらわなければならない。三世代、数十年の倦怠に、耐えてもらわなければならないのだ。

こうしてスペース・コロニーのなかに江戸〝天保〟時代が完璧に再現されることになったのである。

めぐる季節のうつろいに、正月、節句、花見、お盆、月見の行事をかさね、その尽きることのない循環のなかに、人々の一生を繰っていこうとした。

かならずしも後世の環境論者が主張するように、江戸時代は完璧なリサイクル社会ではなかったが、可能なかぎり、その理想に近づけることで、人々を〝停滞〟のなかに踏みとどまらせようとした。

恒星間航行をも可能にしたハイテクがあれば、江戸の町を再現し、川を刻んで、仮想の〝海〟を設けることなど、なんの造作もないことだった。

気象コントローラーは、江戸の町に雨を降らせ、雪を降らせ、風を生んで、〝海〟には波を与えた。

人々には完全に自分が江戸の人間だと信じ込ませなければならない。そのために完璧なマインド・コントロールがほどこされた。

現実には存在しない江戸の外の〝諸国〟をあると信じ込ませ、実際には海というより、湖と呼んだほうがいい〝海〟を、果てしのない大海原と信じ込ませた。星や月などの天体までも（もちろん、しょせんは精緻なプラネタリウムにすぎなかったが）忠実に再現されたのだ。

そこまでする必要があったのか？　あったのだ。

そうでなければ、いずれは日本人に特有の活動コンプレックスが噴出し、スペース・コロニーそのものを壊滅に追い込むことになるだろう。

もちろん、本人たちはそのことを意識してもいない。

時鐘打ち、塵芥請け負い人、ごもく改め、岡っ引、ちょんがれ坊主にいたるまで、その仮想の江戸をつつがなく運営していくための機関にすぎないのだった。

しかし——

どんなにマインド・コントロールをほどこしても、人間の下意識を、その記憶を完全に抹殺することはできない。

ごく、まれなことではあるが、

——この世界はまがい物ではないか。なにか、この世界には、とんでもないからくりがあるのではないか。

そんな疑問をいだく人間がどうしても出てきてしまう。

阿波屋利兵衛などはその最たるものといえるだろう。

そもそもが無理にむりをかさねて再現された〝江戸時代〟なのだ。どんなにコンピュータ複合体が、精緻にコントロールしようとしても、矛盾が噴きだしてくるのはいかんともしがたい。

江戸情緒にひたりきっているように見えても、現実に、そこに生きているのは、二十二世紀のハイテクの洗礼を受けた現代人であるのだ。

どうかすると、わずかな矛盾、ほころびをついて、現代人のハイテク・ヴァージョンの集合的無意識とでもいうべきものが、噴出してきてしまう。

それがつまり〝魔〟だ。

弓削重四郎、弓師備後のふたりは、江戸社会を破綻させる〝魔〟を事前に察知し、それを摘発するための、いわばパトロールのような存在といえるだろう。

〝魔〟が生まれると同時に、パトロールとしての彼らも、その下意識に刺激信号を送り込まれ、本来の職務をまっとうするように、あらかじめセットされていたのだった。

これが真実だった。

これ以外にどんな真実もない。

5

めまいを覚えた。ぐらりと天地が揺らぐような感覚だ。一瞬、目を閉じる。その閉ざした瞼の裏を、赤い点がかすめる。船外監視スクリーンの宇宙に似ていた。

「……………」

重四郎はあえいだ。

これまでスペース・コロニーの記憶は何重にも封印されて、記憶の底に押し込められていた。凍土のように氷結し、それが記憶の表面に浮かんでくることは、絶対にないはずだったのだ。

——思いだしたくはなかった。

重四郎の胸に悲哀の念が滲んだ。

つい数時間まえまで、重四郎は自分が江戸の人間であることを信じて疑おうともしなかった。

この世の中に対して、漠然とした疑惑めいたものはあったが、まさか江戸の町そのものがまがい物だなどと、夢にも考えられないことであったのだ。

ほんの数時間、それでもう江戸の町から完全に疎外されてしまった。いまはもう江戸はセピア色にかすんだ、遠い、懐かしい町でしかない。

重四郎はあらためてキャット・ウォークの利兵衛を見あげると、

「こうなってみると、この世にはからくりがあると考えていたあんたが、いちばん正しかったことになる。からくりがあるどころか何もかもがまやかしだったのさ。さあ、それが分かったところで、利兵衛さん、これからどうするつもりだね？」

そう尋ねた。

「さて、どうするかね」

利兵衛は興奮から冷め、いくらか落ちついたようだ。キャット・ウォークの階段にすわり込み、腰から銀ぎせるを取って、それに煙草をつめた。ライターを取りだし、火をつける。半分は現代人、残る半分は、まだ江戸の人間ということなのだろう。

「さて、どうするか」

ふわりと煙りを吐きだすと、自問するようにそう繰り返し、

「わたしはこの世のからくりを見きわめたいとそう考えていた。馬鹿なことを考えていたものさね。いざ、こうなってみると、そんなことをむやみに思いつめていた自分自身がうらめしい。わたしはしみじみ江戸の町が懐かしいよ」

「……………」

「およその徳兵衛さんはこのことに気がついていたらしい。なんでも天文台で星を観測していたときに、星座が妙なあんばいに並んだことがあったらしい。そのときに星空が

にせ物だということに気がついた、とそういってましたよ。いったん気がつけば、あとはマインド・コントロールが解けて、すべてが明らかになってしまう」

「そうだったのか。徳兵衛さんはこのことに気がついておいでだったのか」

池の鯉を見て、自分たちはこの鯉のようなものだ、とそうつぶやいた徳兵衛の虚脱した表情を思いだす。あのとき、徳兵衛はどんなにか、自分の知っている真実を重四郎に告げたかったことか。

「時鐘をうたせたら名人の呼び声の高い人だったが、さぞかし、自分のやってることが虚《むな》しくてならなかったでしょうよ。あの茶室でね。徳兵衛さんはそのことをわたしに打ち明けた。わたしは動転してしまった。もともと、江戸の〝時間〟を管理している時鐘打ちが、どんなつらをしているのか、それを拝みたかっただけだったんだがね。まさか、あんな突拍子もない話を聞かされるとは思ってもいませんでしたよ。気がついたときには、わたしは徳兵衛さんを刺し殺していた」

「……………」

「もしかしたら、徳兵衛さんは死にたいとそう考えていたのかもしれませんねえ。この二十二世紀に鐘打ちの名人をうたわれたところで、それが何になるものか。自分の一生が虚しくてやりきれなかったのでしょうよ。べつだん弁解をするわけではないが、わたしは徳兵衛さんに利用されたんでしょうよ」

ぽん、と煙管《きせる》の首をてのひらに打ちつけ、煙草の灰をころがす。そんなしぐさをさせると、さすがに所作の決まった、粋な江戸の人間だ。

が、煙管を腰に戻し、スッと立ちあがったときには、もう現代の人間になっていた。

「馬鹿ばかしい。こんなまやかしがあるもんか。わたしはね、本気で怒っているんだ。こんなスペース・コロニーなんかどうなってもいい、と本気でそう思う。人間には持ってそなわった尊厳というものがあるんだ。まがい物の江戸情緒にひたって、一生を終えるなんて、そんなべらぼうな話があるもんか」

利兵衛の声には怒りが滲んでいた。いつも冷静なこの男が、今回ばかりは、その感情をおさえかねているようだ。

「人間には自分が何者で、どこにいて、何をしようとしているのか、それを知る権利があるんだ。あんなまがい物の江戸の町なんか消えてしまえばいいんだ。ねえ、重四郎さん、そうは思いませんか」

ふいに重四郎は、利兵衛が何をいわんとしているのか、それを覚《さと》った。

待て、待ってくれ、そう叫んだが、利兵衛はもう重四郎なんかには見向きもしない。

「弓師さん」

と利兵衛は備後にそう声をかけたのだ。いつもの冷静な声に戻っていた。

「いいから、このコントロール・ルームをぶち壊してやっておくんなさい。ぬくぬくと江戸の夢にひたっている連中の目を覚まさせてやるんだ。あんただって、弓組同心の家柄だの、〝魔〟を追い払うだの、さんざんだまされてきたんだ。その意趣がえしをしたいんじゃありませんかね」

「……………」

備後はうなずいた。

刀の柄に手をかけると、コンピュータ・コンプレックスに足を踏み出した。その顔が凄いほどの無表情になっている。

「待ってくれ、備後さん。まさか、あんた本気で、阿波屋さんのいうことを聞くつもりじゃあるまいね」

そのまえに重四郎が立ちふさがる。

「いけないか。どこのどいつか知らねえが、あんな馬鹿げた江戸の町をつくった野郎に一泡ふかせてやるんだ。おれも阿波屋とおなじさ。本気で腹をたてているんだよ。なにが弓組同心だ。なにが御弓組だよ。人をこけにしやがって、許せねえ」

備後の声は低い。その声に無念の響きが滲んでいた。

「おれは生涯をかけて居合いの修行にはげんできた。そのあげくが歯磨き売りよ。おれはな、自分が弓組同心の家柄だと知ったときには、心底、嬉しかった。自分には〝魔〟を追い払うという役目があるんだ。それを知ったときには、しみじみ、貧しい暮らしをしのんできてよかった、とそう思ったよ。おれもこれでどうやら生まれてきた甲斐があったというもんだ、そう考えたものさ。何のことはねえ。それもこれもみんなまやかしだったんだとさ。我慢がならねえよ」

「だからといって、コントロール・ルームをぶち壊すというんじゃ、八つ当たりもいいところだぜ。積もってもみねえ。そんなことをしたら、あの江戸の人たちが、どんなにつらいめを見るか」

「積もってもみねえ、か。いまとなっては懐かしい江戸弁だぜ」

備後の顔に、一瞬、フッと微妙な翳がさしたが、

「どうせ夢さ。江戸の人間が夢をむさぼっているというんなら、そいつを覚ましてやる

のも親切というもんだ。おれはコントロール・ルームをぶち壊すよ」

「どうしてもやるというのか」

「やるさ」

「やらせるわけにはいかねえよ」

「おもしれえ、腕にかけてもというのか」

備後の顔が石のように無表情になった。

その腰をスッと落とした。わずかに右肩をまえに出し、左の足を引いた。そして、右手を軽く刀の柄にかける。

居合いのかまえだ。備後の居合いは必殺一撃、どんな剣術の名人も、たやすく、これを押し返すことはできない。

ましてや、重四郎は脇差しを一本ぶち込んでいるだけで、もの心ついてから、まともに竹刀を握ったこともない。どんなに重四郎が勝負運が強くても、しょせんはけんか剣法、備後と互角に渡りあえるはずがなかった。

「……」

重四郎は剣を抜かない。抜こうとすれば、それだけで、備後の一撃が放たれることになる。おそらく鞘から抜き放たないうちに、両断されることになるだろう。

剣を抜かずに、ツツッと後ずさった。

備後がそれを追う。間合いをあけずに、的確に足を運んで、重四郎に迫る。その足さばきはなめらかで、一瞬の遅滞もない。どんなに重四郎が誘い、牽制しても、その磐石のかまえを崩すことはできそうにない。

備後の全身に凄まじい殺気がみなぎっている。ろくに竹刀を振るったこともない重四郎だが、その殺気だけはひしひしと痛いほどに感じることができた。

こんな場合に何を考えたのか、重四郎はフッと白い歯を見せると、

「こいつはいけねえや、備後さん。あんたはとてもおれなんかの太刀打ちできそうな相手じゃなさそうだ」

ふいに身をひるがえし、備後に背中を向けて、走りだしたのだ。

相手の虚をつくつもりだったかもしれないが、備後は、そんなことでたやすくかまえを崩すほど、やわな剣客ではない。居合いのかまえを持したまま、すばやく足を運んで、重四郎を追った。

重四郎はコントロール・ルームの出口に飛び込んでいった。

風が凄まじい勢いで吹いている。その風を背に受けながら、くるり、と重四郎は振り返った。剣を抜こうとした。

そのときには備後も剣を抜き払っている。キラリ、と刀身を一閃させ、火を噴くような一撃を送り込んだ。

ほんの一瞬、コンマ数秒の差だった。その一瞬の差が生と死を分かった。

「ぐふう」

備後の居合いが、重四郎の胴を薙《な》ぐより、わずかに速く、重四郎の脇差しが、備後の首筋を撥ねあげていた。

備後の首から血が噴きあがる。その血が風に散って、赤いしぶきと化した。

そのときにもまだ備後は自分の剣が重四郎の剣より遅かったことが信じられなかったにちがいない。重四郎を見る目にありありと驚愕の色が滲んでいた。

ひとりは風に乗せて剣を送り、もうひとりは風に逆らい、剣を放った。そのわずかな差が勝敗を決した。

そのことを知ったかどうか、ふいに絶叫を振りしぼると、備後は枯木が倒れるように、ゆっくりと風のなかに沈んでいった。

6

コントロール・ルームに戻った。

キャット・ウォークの階段のうえに立っていた利兵衛が、重四郎の姿を見て、信じられないという表情になった。

おそらく、利兵衛も多少は剣の心得があるのだろう。備後の腕がはるかに重四郎にまさることを知っていた。重四郎が備後に勝って、無傷で戻ってくることなど、常識ではありえないことだった。

利兵衛が何か叫んだ。たぶん、このとき利兵衛はいくらか正気を逸していたのにちがいない。ほとんど絶叫と呼んでいい声だった。

利兵衛は叫びながら、キャット・ウォークのうえを走り、コンピューター・コンプレックスに向かった。

「阿波屋さん、待て、待つんだ」

重四郎はそう叫んだが、その声を耳にしたかどうかも疑わしい。

――自分は一生を通じてだまされてきた。

そんな狂おしい怨念が、いまの利兵衛をつき動かしているようだ。この、いつも冷静な男が、いまはほとんど自分を失っていた。

「阿波屋さん、早まったことをしちゃいけねえ。落ち着くんだ」

重四郎は利兵衛を追って階段を駈けのぼった。

が、どんなに急いでも、利兵衛に追いつくことはできそうになかった。

利兵衛はコンピュータ・コンプレックスの端末パネルのまえに立った。

なにか叫んだ。

剣を頭上に振りあげた。旅の町人が持つ道中脇差しだ。それをコンピュータ・パネルに振りおろした。

閃光がほとばしった。利兵衛の体から炎が噴きあがり、火花が散った。利兵衛は悲鳴もあげなかった。凄まじい高圧電流が利兵衛の体をつらぬいた。一瞬のうちに焼け死んでいた。

利兵衛は仰向けに床に沈んだ。その消し炭のように黒焦げになった体からブスブスと煙りがたちのぼっていた。一、二度、ピクピクと体を痙攣させたが、すぐに動かなくなってしまった。

「なんてこった」

重四郎は立ちすくんだ。

考えてみれば、何重にもフェイル・セイフ・システムを準備しているコンピュータ・コンプレックスだ。だれかコンピュータを破壊しようとする人間がいれば、容赦なく、それに反撃をいどんで当然だった。

そうだとしても、

――なにもこんなに酷《むご》たらしい殺し方をしなくてもよさそうなもんだ。

黒焦げに感電死している利兵衛の姿を見ると、さすがに悲痛な思いが、胸にこみあげてくるのを覚えた。

あの江戸時代にあって、利兵衛はどこまでも理知の人だった。人間の思考力をマヒさせる江戸情緒に溺れることなく、この世界の真実は何なのか、それをとことん突きとめようとした人間だったのだ。

重四郎は利兵衛の遺体に手をあわせた。

――阿波屋さん、あんたは正しかったんだぜ。あんたのいうように、おれたちの生きていた時代は、まがい物だったんだ。とんでもねえからくりが仕掛けられていた。阿波屋さん、あんただけが、そのことに気がついていた。あんたはやっぱり江戸いちばんの豪商だったよ。

そのとき、ふと視野の隅を、ちらり、とかすめたものがあった。

コンピュータの端末パネルのかげに誰かがうずくまっている。わずかに動いたのは、どうやら江戸の娘の振り袖のようだ。

「お節さん」

重四郎は娘のもとに駈け寄った。

お節は気を失っているようだ。重四郎に抱きあげられても、ピクリとも動かない。念のために心臓の鼓動を確かめた。やわらかな胸の感触の奥に、たしかに鼓動が聞こえた。

「ありがてえ、生きている」

死んだはずはないと信じてはいたが、それでもお節が生きていたことに、全身の力が抜けるほど安堵した。備後が死んで、利兵衛が死んだ。このうえ、お節までむざむざ死なせたとあっては、重四郎はこの先、自分を許すことができないだろう。

――おれみてえな男を追って、こんな地の果てまでやって来てくれたんだ。あだやおろそかにはできねえ。

重四郎はお節を抱きあげ、立ちあがる。そのきゃしゃな体に、初めて重四郎は、お節を心底から愛しいと感じていた。

そのとき――

ふいにコンピュータ・コンプレックスのパネルのランプが慌ただしく点滅した。その光がぼんやりと滲み、霧がたちのぼるようにかすんで、そこに人の姿が浮かんだ。九十九《くぐつ》だった。

ただ、いまの九十九は、もう傀儡師の姿はしていない。オレンジ色のジャンプスーツを着込んでいた。そんな姿をしていると、あの百歳をこえるといわれていた老人が、ひどく若々しい姿に見えた。

重四郎は驚かなかった。いずれ九十九が姿を現すのは分かっていたことだ。

「出てきたな、化け物、あんまり遅いんで出場《でば》をまちがえたんじゃねえかと心配したぜ」

重四郎はせせら笑い、

「おめえもコンピュータ・コンプレックスを破壊しようというのか。せっかくだが、おめえの好きなようにはさせねえよ」

九十九の体がわずかに揺れた。フッと焦点がぼけたように、その姿が薄らいだ。どこからか、かすかに電気音が聞こえてきた。

それを見て、

――こいつは三次元ホログラムだ。実像じゃねえ。

重四郎はそのことに気がついた。

――よくやった、弓削重四郎。さすがにわたしが見込んだ男だけのことはある。

どこからかそう声が聞こえてきたが、それも肉声ではないらしい。

が、その声がどこから聞こえてくるかを詮索するよりも、重四郎はむしろ、その内容に愕然とさせられた。

「なんでえ、妙なことをいうじゃねえか。おいら、おめえなんかに誉められる覚えはねえぜ」

――二十二世紀の人間を江戸時代の人間として生きさせる、というのは、どうしても無理があるんだよ。どんなにマインド・コントロールをほどこしても、しょせん人の心を意のままにあやつることはできない。

と九十九が、いや、おそらく九十九を演じている誰かがいった。

――十年、二十年と過ぎるうちに、どうしても矛盾が出てきてしまう。それを放っておけば、いずれは矛盾が噴出して、江戸の町そのものが崩壊してしまうんだよ。そうならないために、適宜に、そう、いわばガス抜きをしてやる必要がある。コンピュータ・プログラムのデバグといったほうが分かりやすいかもしれない。なんとかして矛盾を解決しなければならない。その矛盾を解決する手段がつまり〝魔〟なんだよ。ときに江戸の町に〝魔〟を出現させてやり、その〝魔〟に矛盾を集約させて、これを消してやらなければならない。

「なんだって……」

重四郎は呆然と立ちすくんでいる。その顔が蒼白になっていた。

それでは、徳兵衛が死んで、利兵衛が死んで、備後が死んだのは、たんに江戸の町を維持させるため、その矛盾を取り除く作業にすぎなかったというのか。そして、これまで重四郎は、いわば〝江戸〟プログラムのバグを消去するために、動いていたにすぎないというのか。

——きみはよく働いてくれた。これだけガス抜きをしてやれば、また、しばらくは江戸の町は安泰だろう。人々は、あの江戸の町の矛盾に気がつくことなく、めぐる季節の江戸情緒のなかに生きていくことができる。そうやって、人々が生きて死んでいくうちに、いずれは、われわれはめざす惑星にたどり着くことができるというもんだよ。

声がかすれるのと同時に、九十九のホログラム映像がスッと薄らいでいった。

重四郎は狼狽し、

「待て、待ってくれ、行かないでくれ」

そう叫んだが、そのときには、すでに九十九の姿は消えてしまっていた。

重四郎はただ、その場に呆然と立ちつくすほかはなかった。

腕のなかでお節がわずかに動いた。目をあけると、重四郎を見た。重四郎を頼りきっている、かれんな目だった。

「やはり来てくださったのですね、重四郎さま——」

お節は甘えるような声でそういい、

「わたし、夢を見ていました。それはもう不思議な夢。でも、もう、お節は夢を見るのに疲れてしまいました。重四郎さま、ふたりで帰りましょう」

「ああ、帰ろう」

重四郎はそうつぶやいたが、もう自分にはどこにも帰るべき場所などないことが分かっていた。

江戸の町ははるかに遠く、そして、スペース・コロニーのコントロール・ルームはあまりに冷酷だ。

おそらく、いまの重四郎が帰るべき場は、もう、このお節をおいて、ほかにはないのかもしれない。そんな気がした。

「ああ、帰ろう」

そう重四郎は繰り返し、ひしとお節を抱きしめた。その体の温もりだけが、唯一、いまの重四郎には信じられるものであるようだった。


このごろになって、夜桜見物などという酔狂なものが流行《はや》るようになった。

夜のしんみりした桜なんかを見て、なにがおもしろいのか、と思うが、これが遊び好きの若旦那なんかにはこたえられない遊びであるらしい。

夜桜見物は、向島と決まっていて、それというのも花見が済んだら、取り巻き連を連れて、吉原に繰り込むことができるからだ。

いまも、料理屋から、にぎやかに一群の男女が出てきた。

おそらく、女は三味線か踊りの師匠で、まさか女連れで吉原に繰り込むはずはなく、女たちだけ、さきに駕籠で帰らせるつもりなのだろう。

茗荷谷の藤吉は、

——けっこうなご身分だぜ。どうで大店《おおだな》の道楽息子かなんかだろう。

酔っぱらったその一群を避けて、桜の木の下に身を寄せた。

すると、そのなかから、

「親分さん」

女が声をかけてきた。

常磐津の師匠のおふみだ。小走りに藤吉のもとに近づいてくると、

「親分さん、まだ重四郎さんの行方は知れないのですか」

そう尋ねてきた。

その美しい顔が曇っている。いまにも泣きだしそうな顔になっていた。

「天に昇ったか地にもぐったか、いっこうに沙汰が知れねえ。なに、心配することはね

え。重四郎さんのこった、いずれ、ひょっこり顔を見せるだろうさ」

藤吉はそういったが、それがたんなる気休めでしかないことは、藤吉自身がもっともよく心得ていた。

「もしかしたら、もう重四郎さん、江戸には帰ってこないかもしれませんね」

おふみは呟くようにそういい、

「わたし、なんだか、そんな気がしてならないんです」

「そんなことがあるもんか。江戸に帰らなくて、どこに帰るというんだ」

「どこか遠いところ。わたしたちの知らない遠いところ、重四郎さんはお節さんと一緒に、そんなところに行ってしまったんじゃないでしょうか」

おふみの顔に哀切きわまりない表情が滲んでいた。

「どこか遠いところか。そんなこともあるかもしれねえが、なに、それでも重四郎さんはいずれは帰ってきなさるさ」

藤吉はそう慰めたが、ふと、ほんとうにそうかもしれない、と自分の言葉に自分が慰められるのを覚えた。

酔った男たちがおふみの名を呼んだ。

「ごめんなさい、親分」

おふみは身をひるがえすと、男たちのもとに走っていった。

その姿に桜の花びらが降りそそぐ。桜の花びらは散って、散って、やがて、おふみの姿を隠してしまう。

それでもなお、その後ろ姿を目で追いながら、

「どこか遠いところか」

藤吉はぼんやりそう呟いた。

『天保からくり船』覚え書き

初　出　「小説ＣＬＵＢ」（桃園書房）

寛永寺炎上　平成4年12月号　※第1話のみシリーズ名「天保船」
七夕怪談・鐘ヶ淵　平成5年1月号
深川唐人踊り　平成5年2月号
大江戸天文台　平成5年3月号
九十九　平成5年5月号
永代築地芥改め　平成5年7月号
大江戸胎内道　平成5年8月号
江戸幻想談　平成5年9月号

初刊本　光風社出版　平成6年3月

（編集・日下三蔵）

春陽文庫

天保《てんぽう》からくり船《せん》

2024年7月25日　初版第1刷　発行

著者　山田正紀
発行者　伊藤良則
発行所　株式会社　春陽堂書店
〒一〇四—〇〇六一
東京都中央区銀座三—一〇—九
KEC銀座ビル
電話〇三（六二六四）〇八五五（代）
印刷・製本　中央精版印刷株式会社

本書のご感想は、contact@shunyodo.co.jp にお願いいたします。

定価はカバーに明記してあります。

ISBN978-4-394-90491-5　C0193